Hüsnü Arkan

Hüsnü Arkan, 1958 yılında İzmir'

Bergama Lisesi'ni ve 9 Eylül Üniversi

1985'te, Amsterdam'da, arkadaşlarıyla Hezarten adlı müzik grubunu kurup Avrupa'nın birçok kentinde kendi şarkılarını seslendirdi. 1990'da ilk albümü Bir Yalnızlık Ezgisi'ni çıkardı. 1993-2010 yılları arasında, Ezginin Günlüğü grubunun albüm ve konser çalışmalarında yer aldı. 2005 yılında Destur adlı projeyle Deli Bu Dünya albümünü, 2010'dan sonra Solo, Yalnız Değiliz ve Kırık Hava albümlerini hazırladı.

İlk romanı *Ölü Kelebeklerin Dansı*, 1998 yılında yayımlandı. Bu kitabı *Menekşeler Atlar Oburlar* (2001), *Uzun Bir Yolculuğun Bittiği Yer* (2005), *Hiçe Doğru* (Şiir, 2005), *Uyku* (2008), *Mino'nun Siyah Gülü* (2011) izledi. 2014'te yayımlanan *Hırsız ve Burjuva* adlı romanıyla 44. Orhan Kemal Roman Armağanı'nı kazandı. Aynı yıl son şiir kitabı *Naş*, 2016'da ise *Gülhisarlı Terziler* adlı romanı yayımlandı. Son kitabı *Nasreddin* 2020 yılında yayımlandı.

Sia Kitap: 217
Türk Edebiyatı: 21
Yazılar

Hırsız Var!
Hüsnü Arkan

1. Basım: Nisan 2023
ISBN 978-625-8129-54-0
Yayıncı Sertifika No: 45101

Genel Yayın Yönetmeni: *İlknur Özdemir*
Kapak Tasarımı: *Muzaffer Aysu*
Grafik Tasarımı ve Uygulama: *Muzaffer Aysu*

Baskı ve Cilt:
Optimum Basım San. ve Tic. Ltd. Şti.
Tevfikbey Mah. Dr. Ali Demir Cad. No: 51/1 39295
Tel: 0(212) 463 71 25 Küçükçekmece - İstanbul
Sertifika No: 41707

Sia Kitap, Günötesi Yayıncılık İletişim Ltd. Şti.'nin tescilli bir markasıdır.

SİA KİTAP
Feneryolu Mah. Bağdat Cad. No: 115/2
C Blok D: 2 Kadıköy - İstanbul 34724
Tel: 0(216) 550 1881 Faks: 0(216) 337 81 81

www.siakitap.com.tr | bilgi@siakitap.com

Hüsnü Arkan

HIRSIZ VAR!

HIRSIZ VAR HAKKINDA

Elinizdeki kitapta, *BirGün* gazetesinde, *iktidarsız.com*'da ve *Bavul* dergisinde yayınlanan yazılarımın bir kısmını toplamayı amaçladım.

BirGün'de 2014-2015 yıllarında yazmıştım. Yiğit Bener ve Levent Mete'yle kurduğumuz *iktidarsız.com*'daki yazılarsa 2003-2008 yılları arasında yayınlandı. Yazıların çoğunu, çok az değişikliklerle kitaba aldım.

İyi okumalar.

BirGün Gazetesinde Yayınlanan Yazılar (2014-2015)

MERKEL ALANYA'DAYDI

31.05.2014

Alanya Atatürk Kapalı Spor Salonu lebaleb Alman dolu.

Tribünlerde görülmemiş bir coşku, heyecanlı bir bekleyiş, sevinçli bir kaynaşma.

Acar muhabirimiz Osman Teoslu, pembe yanaklı, iri kıyım, yaşlı bir Bavyera köylüsüne yaklaşıp mikrofonu uzatıyor.

"Neler hissediyorsunuz?" diye soruyor.

Bavyera köylüsü, elindeki Alman bayrağını kendinden geçmiş bir halde sağa sola savuruyor.

"Onu bekliyoruz, hasretle kucaklaşmayı bekliyoruz..."

Sözlerinin gerisini duyamıyoruz.

Çünkü tam o sırada Şansölye Merkel Hanım kürsüye çıkıp konuşmasına başlıyor.

"Sizlere Almanya'dan, vatanınızdan selam getirdim. Düsseldorf'tan, Köln'den, Münih'ten, Kuzey Ren-Vestfalya'dan, Bavyera'dan..."

Kalabalık uğultuyla çalkalanıyor. Merkel şehirlerin ve eyaletlerin adını okudukça heyecan büyüyüp katlanıyor ve tek bir sese dönüşüyor:

"Vur vur inlesin, Türkiye dinlesin!"

Merkel hızını alamıyor, gaza geliyor.

"Buradaki bir kısım medya, Alman hükümetinin başbakanına farklı şekilde hakaret ediyorlar..."

Kalabalık yanıtlıyor:

"Yuuuh!"

"Kendini bilmez bir gazete, şahsımı cehenneme gönderiyordu..."

"Yuuuh!"

Bu Merkel Hanım az değildir.

Acar muhabirimiz Osman Teoslu, birkaç yıl önce kendisinin telefon görüşmelerine ulaşmış, bunların bir kısmını Türk medyasına sızdırmıştı.

Bu telefon kayıtlarına göre, yolsuzlukla suçlanan Alman İktisat Bakanı telefonda Merkel'e şöyle diyordu:

"Hanımefendi, ben galiba yakalandım... Ellerimi kaldırdım, teslim oluyorum..."

Merkel bu! Böyle şeylere pabuç bırakır mı? Hemen duruma el koyuyordu.

"Çabuk indirin ellerinizi Sayın İktisat Bakanı," diyordu.

"Ama yakalandım efendim; eller yukarı diyorlar..."

"Yok, yakalanmadınız... Sakin olun, yakalanmadınız..."

"Ama ben bunca şeyi kimin için yaptım? Yakalandım..."

"Vallahi yakalanmadınız beyefendi, ben yakalanmadınız diyorsam yakalanmamışsınızdır."

"Bir de saat meselesi var."

"Ne saati?"

"Yani pahalı bir saat diyorlar..."

"Çalar saat mi?"

"Hayır Hanımefendi. Kol saati..."

"Ne marka?"

"Naçizane Patek Philippe, Hanımefendi."

"Oha! O bende bile yok!"

"Bir arkadaş vermişti, ellerimi kaldırınca göründü."

"Bana bak, indir ellerini. Kol saati değildir o; çalar saattir, çalar saattir."

İş bununla da bitmiyordu.

Başka bir Alman bakan İncil'le ve Hazreti İsa'yla dalga geçerken eşeğin kulağına su kaçırmıştı. Kendisine pralin kutularına destelenmiş para sunulması önemli değildi ama bu İncil işi pek önemliydi.

"Yakalandım galiba, Sayın Şansölyem!" demişti Bakan.

Merkel telefonda sinirlenmişti.

"Nah yakalandın beberuhi; öyle yakalanılmaz," demişti. "Git evinde otur, bir süre ortalarda görünme!"

"Ama yakalandım Hanımefendi..."

"Ayol ben ne diyorum sana... Yakalanacak olsam ben yakalanırdım."

İşte bu Merkel geçtiğimiz hafta Alanya'daydı.

Türkiye'nin bu nadide ilçesinde, özgür Türk medyasını, yıllardır ülkemizde misafir ettiğimiz Almanlara yuhalatıyordu.

Yazıklar olsun diyorum...

Hayırlı cumalar.

DÜNYANIN MERKEZİ

06.06.2014

Bundan tam bir yıl önce, acar muhabirimiz Osman Teoslu'yla bizim fakirhanede laf tokuşturuyorduk.

Birden sokakta kızılca kıyamet koptu.

Bir vaveyla, bir figan; cümle mahlûkun huzuru kaçmış sanki.

Miraç Kandili idrak ediliyor sandım.

Gazeteci merakı ya, "ben bir bakayım, gerçekten bir idrak meselesi olabilir," dedi Osman Teoslu.

O sokağa indi, ben de pencereden dışarıyı seyretmeye başladım.

Bir grup insan sokak boyunca ileri geri koşuşturuyordu. Bir başka grup da onların peşine düşmüştü. Fakat kovalayanlar pek dünyalıya benzemiyorlardı; esvapları acayipti. Başka bir gezegenden gelmişler de bizim güzel sokağımızı işgal etmeye çalışıyorlardı sanki.

Sonra ortalığı bir gaz kokusu sardı ki, burnum düşecek sandım.

Meğer bu ecnebi kolonyalistler gaz sıkıyorlarmış.

Bir ara daire kapısı güm güm etti.

"Kapıyı aç, zor durumdayım," diye bir ses işittim.

Ses merdiven boşluğunu inletiyordu. İnanılması zor ama bu sese bir de eşek anırması eşlik ediyordu.

"Osman Teoslu, sen misin?" diye seslendim içerden.

"Değilim, değilim," dedi.

"Kimsin peki?"

"Çaresizim..."

Böyle bir feryat karşısında insan kayıtsız kalamıyor.

Kapıyı açtım.

Karşımda ak sakallı, sarıklı, bir zamanlar nur yüzlü olduğu anlaşılan ama yediği gazın etkisiyle meymenetini kaybetmiş, şakulü kaymış bir ihtiyar duruyordu.

"Girebilir miyim?" dedi.

Elinde bir yular tutuyordu. Yuların ucuna baktım.

"Sen girebilirsin ama bu eşek giremez," dedim.

Dediğime de hemen pişman oldum.

Hayvan doz fazlası kapsaisine maruz kalmış; iki gözü iki çeşme, şakır şakır gözyaşı döküyor...

Hemen banyoya götürdüm, yularını musluğa bağladım, önüne de karpuz kabuğu koydum. Salona, ihtiyarın yanına döndüm.

"Evde Talcid var mı?" dedi ihtiyar.

Vardı. Bir su şişesinde Talcid'i çalkalayıp verdim; yüzüne gözüne sürdü. Sonra da elini uzattı.

"Ben, Hoca Nasreddin," dedi.

Buna hiç şaşırmadım. O eşek apartmanın altıncı katına çıktıysa, karşımdaki de pekâlâ Hoca Nasreddin olabilirdi.

"Neler oluyor Hocam," dedim, "dağılmışsınız, gözleriniz kan çanağı..."

"Sorma," dedi, "dışarıda devlet yelleniyor."

İkram ettiğim çayı içtikten sonra, salondaki koltuğa yayıldı.

"Beni yarım saat sonra uyandır, Taksim'e gideceğim," dedi.

Uyandığında hava kararmıştı. Ayrıca, değil Taksim'e gitmek, apartman kapısından çıkmak bile imkânsızdı; dışarıda devlet yelleniyordu.

Birlikte peynirli yumurta yedik. İçecek olarak ayran vermiştim ama istemedi.

"Rakı yok mu?" dedi.

Kötü günlerim için sakladığım bir otuzbeşliğim vardı.

Birinci kadehi hemen güpletip ikinciyi istedi.

Rakısını tazeledim. Haberleri dinlemek için televizyonu açtım.

İrili ufaklı devlet büyüklerimiz ekranda arz-ı endam eylemeye başladılar.

Hoca Efendi onların konuşmalarını ilgiyle dinliyor, 'Bu kim, şu kim?' diye soruyordu. Ben de kravatlı, abus adamları kendisine tek tek tanıtıyordum.

"Vali Hazretleri... İçişleri Bakanı Hazretleri... Başbakan Hazretleri..."

"Eşeğin durumu iyi mi?" diye sordu bir ara.

"İyi," dedim. "Üç dilim karpuz yedi. Hâlâ anırıyor ama herhalde keyiftendir."

Güldü.

"Keyiften değil, kibirden," dedi. "O olay başıma geldiğinden beri sürekli anırıyor."

"Hangi olay?"

"Anlatayım... Bir gün, mahallenin piçleri gelip sordular. 'Hoca Efendi, dünyanın merkezi neresidir?' dediler. Güya bilgimi sınayıp beni faka bastıracaklar. Ben de dedim ki, 'Aha eşeğimin ayağını bastığı yerdir. İnanmıyorsanız ölçün, biçin, görün!' İşte o günden beri buna bir kibir geldi; durmadan anırıp feryat ediyor."

"Çocuklar inandılar mı peki buna?"

"Orasını bilmem. Hem çocukların inanıp inanmaması o kadar önemli değil. Fakat tecrübeyle sabit ki, eşek dünyanın merkezinde olduğuna inanırsa kötü oluyor."

DİŞ İŞLERİ

13.06.2014

Üzerinize afiyet, bugünlerde Dişçi Özgür Bey'le birlikte, üç beş ay süreceği anlaşılan bir inşaat işine giriştik.

Konunun afiyetle ne ilgisi var demeyin; inşaat alanı tam olarak ağzımın içi.

Şimdilik temel hafriyatıyla, kazıkları çakmakla uğraşıyoruz. Memleketin hali gibi, kurcaladıkça, dibini kazıdıkça yeni meselelerle karşılaşıyoruz. Sigara yasak, alkol yasak, çorba dışında her şey yasak. Dedim ya, memleketin hali gibi.

Bu feci durumda ne yazılır?

Tabii ki diş işleri yazılır.

Ankara'nın Solfasol köyüne hiç gitmedim. Adını yetmişli yılların trafik tabelalarından bilirim. Bir de Fakir Baykurt'un bir romanından. Eski adı Zülfazıl'mış; dil kolaylamasına uğramış, Solfasol olmuş derler.

Bilmem yalan bilmem doğru, Hacı Bayram Veli buralıymış.

Ben gitmedim ama Cumhuriyet'in kuruluş yıllarında, Halkevi gönüllülerinden oluşan bir grubun yolu bu köye düşmüş. Aralarında şair Ceyhun Atuf Kansu'nun babası, eğitimci Nafi Atuf Kansu da varmış.

Anlatılanlara bakılırsa, Ankaralı ziyaretçilerin Solfasol'a geldikleri günlerde, köyde bir darp cürmü işlenmiş. İki köylüden biri, diğerini öldüreyazmış. Sebebi namus meselesi, miras ya da arazi anlaşmazlığı filan da değilmiş.

Cürmü işleyen köylü, Ankara'ya gidip dişine dolgu yaptırmışmış. Birkaç gün sonra, köy kahvesinde, müstakbel ağır yaralıyla oturuyorlarmış. Aralarında şöyle bir konuşma geçmiş:

"Dişine dolgu mu yaptırdın?"

"Hee!"

"Yanlış yapmışsın! Artık senin gusül abdestin şeriata uygun sahihlikte olamaz!"

"Ne diyorsun sen?"

"Gâvur oldun diyorum, dallama! Ömrünce cenabet gezeceksin!"

"Sensin ulen dallama!"

Tartışma alevlenmiş, olay köy imamının kulağına gitmiş. İmam tarafları sigaya çekmiş fakat arızayı halledememiş.

Memleket olarak siyasî tecrübelerimizden biliriz ki, bir arıza halledilmezse daha büyük arızalar hâsıl olur.

Nitekim cami kapısında kızılca kıyamet kopmuş. Bizim şu diş ağrısından mustarip dallama, diğer taassup sahibi dallamayı bıçakla hacamat etmiş.

Yıl 1935'miş...

Bu diş dolgusu işi çok önemli.

Geçen yıl, çok satan gazetelerden birinin din sayfasında mütedeyyin vatandaşların sorularını yanıtlayan bir muhterem, dişçiye gitmeden önce kendisine danışan bir okuyucusuna, diş dolgusu yaptırmanın 'dinen caiz' olduğu müjdesini veriyordu.

Demek ki Cumhuriyet, 1935'ten bu yana hayli yol kat etmiş. Diyanet ehli artık arızaları tamir edebiliyor.

Ancak hastaları, kendi sağlıkları söz konusu olduğunda, dini referanslara ihtiyaç duymadan doktora ya da hastaneye gidecek kadar eğitmeyi başaramamışız. Belki bir seksen yıl da bunun için beklemeliyiz.

* * *

Halid Şâzi Kösemihal, Türkiye'nin ilk Müslüman diş hekimlerindendi. 1909'da, Darülfünun-u Osmani-i Eczacı ve Dişçi Mektebi Aliyesi'nin kuruluşunda önemli rol oynamış bir bilim adamıydı.

Cağaloğlu'ndaki muayenehanesinin kapısına büyük bir camlı çerçeve asmıştır ki, herkes görsün…

Çerçevenin içinde uzun bir fetvanın nüshası dururmuş.

"Diş doldurmak, diş taktırmak şer'an caizdir."

Bunlara aldanıp, eski zaman İstanbul'unda, Müslüman ahalinin ekmek ısıramayacak kadar dişsiz olduğunu düşünmeyin.

Gerçi tanıklıklarına pek güvenilmez ama Evliya Çelebi, yaşadığı devirde, İstanbul'da yedi yüz dişçi ve dört yüz dişçi dükkânı bulunduğunu yazıyor.

Bu durumda, bütün Müslümanların diş ağrısına katlanarak yaşadıklarını varsayamıyoruz. Bir kısmı, bir ömür cenabet gezmeyi göze almış olmalı.

1960 yılından bir gazete haberi:

"Tıbbi zaruret olursa diş dolgusu yaptırılabilir!"

Fetvayı imzalayan makam, Kayseri Müftülüğü.

Bir gazete haberi daha:

11 Mart 1870 tarihli, 318 sayılı *Basiret* gazetesinden...

"Bab-ı Âli'nin canib-i samisinden, Amerika'dan on iki milyon liralık bir istikraz akdolunacağı işitilmiştir."

İstikraz akdi borç sözleşmesi anlamına gelir ki herhalde bunun bir faizi de vardır.

Dinen caiz midir?

Hayırlı cumalar.

NE OLUYOR?
MEDENİYETLER Mİ ÇATIŞIYOR?

20.06.2014

Sabahın köründe acar muhabirimiz Osman Teoslu aradı.

Bağdat'taymış.

"Neler oluyor orada?" dedim.

"Hiç sorma... Medeniyetler çatışıyor," dedi. "IŞİD bize doğru yürüyor."

"Bunun medeniyetlerle ne ilgisi var?"

"Sen bilmiyorsun. İnananlarla inanmayanların medeniyetleri çarpışıyor."

Beş yıl önce de aynısı olmuştu.

Acar muhabirimiz Libya'dan aramış, "Vallahi, burada devrim oluyor!" demişti.

Gerçekten de bir devrim oluyordu. Müslüman halklar ayaklanmış, despotlar domino taşları gibi devrilmeye başlamıştı. Osman Teoslu, olayları yerinde yaşayan biri olarak pek heyecanlanmıştı.

"Batı'nın dayattığı politikalar iflas etti. İnançlı insanlar artık özgürlük istiyorlar," diyordu.

Ne diyeyim?

Bekleyip görmek, peşin hükümlerden kaçınmak gerekirdi. Bildiğim kadarıyla, devrim süreçlerini inançlardan çok konjonktürler, ekonomik ve siyasi yapılar, sosyal sınıfların mevzilenmeleri yönlendirirdi.

"Ne sınıfı? Burada sınıf mınıf yok! Herkes sokakta... Konjonktür filan da yok; konjonktürü Müslümanlar belirliyor artık," dedi.

Ne cevap vereceğimi bilemedim. Libya, kapitalist sisteme dâhil değil miydi? Orada petrol yok muydu, kurulacak hükümet silah satın almayacak mıydı, finans sermayesi on yıllardır olduğu gibi petrol gelirlerine sinek gibi yapışmayacak mıydı?

Nitekim kuşkularımda haklı çıktım.

Birkaç ay içinde, *Arap Baharı*'nın aslında Arap Fuarı olduğu anlaşıldı... Fransız silah şirketleri Libya semalarında resmigeçit yaptı. ABD şirketleri Suudi Arabistan'a birkaç on milyar dolarlık F-15 kakaladı.

Dünya büyük bir köy. Konunun dışındaymış gibi görünen Avrupalı, Amerikalı ücretlilerin yaşam biçimleri bile konunun içinde.

Arap Baharı sırasında Amerika'da bir depo 35 liralık benzinle doluyordu.

Aynı günlerde, pek çok batılı şirket, ucuz işgücü için aç insanların yaşadığı ülkelere koşuyordu.

Milyonlarca mülteci, savaş tutsağı, ucuzlaştırılmış emek sahibi, çıkarlarıyla uyuşmayan dinî, millî aidiyetlere hapsediliyordu.

Onların, aynı zamanda inançlı olmaları, esas çelişkilerin, çatışmaların yapısını değiştirmiyordu.

Demokrasi dedikleri şeyse çalışanların iki yüzyıl üstünde tepinerek adam etmeye çalıştığı kapitalizmin kendini beğenmişliği haline gelen bir rezillikti.

* * *

Anlaşılan o ki, Teoslu kardeşim Medeniyetler Çatışması teorisinin cazibesine kapılmıştı.

Kim kapılmadı ki?

Yalnızca siyasetçiler değil, bir yığın yazar çizer doksanlardan bu yana aynı tezi işliyorlardı: *Artık sınıflar değil medeniyetler çatışacak!*

Bu teori dünyada olup bitenleri kolayca açıklıyordu.

Kapitalist sistemde insanlar çıkarlarına göre değil, coğrafyalarına, inançlarına göre ayrılıyorlardı. Doğulular ve batılılar, güneyliler ve kuzeyliler, Müslümanlar ve Hıristiyanlar, inananlar ve inanmayanlar...

Modern dünyayı bu gruplar arasındaki temel çelişki ve çatışmalardan daha iyi hiçbir şey açıklayamazdı. Petrol rezervleri, enerji kaynaklarının paylaşımı, silah üretimi ve pazarlama teknikleri, banka sermayesinin ayak oyunları... Bunlar ikincil ve iman terazisinde tartılmaya muhtaç konulardı.

"Böyle bir terazin varsa korkma!" dedi Teoslu. "Mümin bir patronla mümin bir ücretli arasındaki çıkar çatışmalarının dinamiklerini bile dakkada çözümlersin. Çünkü filanca bankanın sahibiyle çalışanını ortak bir sosyal ve ekonomik paydada buluşturmak kadar gerçekçi bir siyasî vizyon yoktur. Çünkü kapitalist sistemde insanlar, büyük sermaye sahipleri ve çalışanlar olarak ayrılmazlar. Müminler ve kâfirler, doğulular ve batılılar diye tam ortadan ikiye ayrılırlar."

Hükümet erkânımız da Medeniyetler Çatışması teorisinin cazibesine kapılmış görünüyor. Türkiye'yi ve dünyayı Teoslu kardeşimin ayırdığı gibi ayırıyor. Türkler ve diğerleri, Müslümanlar ve diğerleri, inananlar ve diğerleri, hatta Sünniler ve diğerleri...

İnanmıyorsanız Yiğit Bulut'a sorun! Türkiye'de de medeniyetler çatışıyor.

"Bu gözü dönmüş kapitalist batılı Hıristiyanlar, bundan sonra düzenlerini eskisi gibi sürdüremeyecekler," deniyor. "Elhamdülillah hepimiz Müslümanız," deniyor. "İmtiyazsız sınıfsız kaynaşmış bir kitleyiz," deniyor.

Öyle ya, efendi Müslüman, köle Müslüman... Müstahdem hakkını arasa hafazanallah münafık mı olacak? Patron işçiyi kovsa kendi imanından şüpheye mi düşecek? Olur mu öyle şey?

Böylece bazı şeylerin üstünü örtmeleri kolaylaşıyor.

Çalışanları borçlandırarak susturuyor, açlıkla tehdit ediyorlar. İsyanı, direnişi, dünyevî haksızlıklara değil de Allah'a karşı yapılmış bir şey olarak gösterip madencileri tevekküle çağırıyorlar.

Bir yandan 12 Eylül'ü yargılıyorlar!

Bir yandan da, 12 Eylül'ün İş Hukuku hükümlerini iştahla sürdürüyorlar...

Osman Teoslu telefonda soruyor:

"Kenan Evren'e müebbet vermişler, öyle mi?"

"Öyle," diyorum.

"Ulan, adam 12 Eylül mağduru oldu, iyi mi!"

Gülüyoruz.

"Paşa paşa yatar mı sence?" diye soruyor.

"Herhalde paşa paşa yatmaz; adamı nefer yaptılar."

"Valla, yatsaydı ve şöyle deseydi haksız sayılmazdı..."

"Ne deseydi?"

"Fikrimiz iktidarda, biz içerde."

İNSANLARLA BENZEŞMEYECEKSİN ZATEN BİRBİRLERİNE BENZERLER

-Can Yücel-

27.06.2014

Bugünlerde diş ağrısından elim kaleme gitmiyor.

Ne yapacağımı bilemeden arpacı kumrusu gibi düşünürken, eski arkadaşım, yandaş gazeteci Sadık Bey imdadıma yetişti.

"Yahu, dert ettiğin şeye bak!" dedi, "ben senin yerine yazarım."

Eksik olmasın, derhal bir yazı yolladı.

"Virgülüne dokunmayacaklar ha!" dedi.

"Aşkolsun," dedim. "Ama başlığı ben atarım, haberin olsun!"

Aşağıdaki yazı kendisinindir…

Farklı olmak kötüdür.

Manavın tezgâhındaki domatlara bakın! Ne güzel, hepsi aynı boyda, aynı olgunlukta ve tecrübeyle sabit ki aynı tatta…

Neydi o eski domatlar öyle? Eciş bücüş, yamuk yumuk, her biri hilkat garibesi…

Bunları tezgâha koymayacaksın! Basacaksın hormonu, değiştireceksin genetiklerini, bak nasıl hizaya geliyorlar!

* * *

Benzemek iyidir.

Herkes ne yapıyorsa onu yapacak, herkes ne düşünüyorsa onu düşüneceksin!

Sabahın köründe kepengi açacaksın, akşamın karanlığında kapatacaksın! Eve dönüp yemeğini yiyecek, uyuyacaksın... Etliye sütlüye karışmayacaksın, hırlıya hırsıza bulaşmayacaksın. Tezgâhta yerini alacak, göze hoş görüneceksin. Estetiği bozmayacaksın, hamileysen sokağa çıkmayacaksın. Çıkarsan hafazanallah Çanakkale domatı gibi ortada kalırsın, göz zevkimizin içine edersin.

Bir artı bir evlerde oturmayacaksın, talebe evlerinde zinhar oturmayacaksın... Ünite ünite, aile aile oturacaksın.

Bu şekilde oturanlar birbirlerine benzerler, farklılıkları varsa da zamanla kaybederler. Bu, doğanın kanunudur. Uzun yıllar birlikte yaşayan eşlere bakın! Uzun yıllar birlikte yaşamış ev hayvanlarına ve sahiplerine bakın! Birbirlerine benzerler...

Farklı olmak iyi bir şey değildir.

Farklı olanlar, farklı düşünenler marjinaldir. Çanakkale domatı, Çengelköy hıyarı, muzu soymayı akıl eden o ilk genç maymun... Bunların alayı marjinaldir.

Galileo, Bruno, Darwin marjinaldir... Kafka marjinaldir. Zaten sonradan kendisi de marjinal olduğunun farkına varmış, kitaplarının ölümünden sonra yakılmasını vasiyet etmiştir. Marjinal arkadaşları kitaplara kıyamamışlarsa da, Hitler bu vasiyeti yerine getirmeyi en azından denemiştir. Kendisine benzeyen o kadar çok devlet adamı vardır ki, bugün Hitler'in marjinal biri olduğunu kimse iddia edemez.

Farklı olmak kötüdür.

Farklılıkları özgürce yaşamayı istemekse bin defa daha kötüdür.

Eşcinseller kötüdür; çünkü bizden farklıdırlar. Bunlar gettolarda yaşamalı, sokakta dolaşmalarına izin verilmemelidir... Maazallah aramızdan onlara özenenler çıkabilir.

İstanbul'un göbeğine AVM yapılmasına itiraz edenlerin farklılıkları yüzlerine bakınca anlaşılmıyor mu? Alışverişin nesine karşı çıkıyorsun? Kimse sana 'git, oradan alışveriş yap,' demiyor ki!

Eğitimde eşitlik isteyen talebeler, güvenlik isteyen amele takımı, vicdani retçiler, çalıştıkları kurumlar kapatılacak diye sokağa dökülen sözümona sanatçılar; bunların hepsi farklıdır.

Devletin görevi bu farklılıkları gidermektir. Bu biçimsiz domatları hormonlamak, gerekirse çekirdeklerini yok etmektir.

Bunlar küçükten hormonlanırlarsa cümleten felâha kavuşuruz. Yedi yaşında, beş yaşında, olmadı üç yaşında...

Böylece herkes aynı şeyleri düşünüp aynı şeyleri söyler. Devlet farklılıklarla uğraşmanın yükünden kurtulur.

Fakat bu yeni saadet devri zuhur edene kadar devletin alması gereken bir takım önlemler de yok değildir.

Eşcinsellik, vicdanilik, grev, boykot, gösteri ve benzeri her şey suç sayılmalı, hal-i hazırda suç sayılanların da cezaları artırılmalıdır.

Ne yazık ki, devlet büyüklerimiz biraz geç öğreniyorlar. Hatta bazen aradan yıllar geçtikten sonra uyanıyorlar.

Paralel devleti bile sonradan öğreniyorlar; kandırıldık diyorlar. İyi olmuyor.

Hayır, o bir şey değil, bizi de zor durumda bırakıyorlar. Düne kadar komünist bildiğimiz şairleri okumak, terörist bildiğimiz Deniz Gezmiş'e, Erdal Eren'e saygı duymak zorunda kalıyoruz.

Sayın Bülent Arınç Bey, Kışanak'ın yaşadıklarını sonradan öğreniyor; "aynı şeyleri yaşasaydım ben de dağa çıkardım," diyor.

Hiç yakışık alıyor mu?

Alıyor...

LİYAKAT MESELESİ

04.07.2014

Bizde liyakat her şeyden önemlidir.

Devlet kadrolarında atama ve terfiler yapılırken liyakatten başka bir şeye bakılmaz.

Yani kişi o göreve layıksa, yetenekliyse, yeterliyse, yaratıcıysa ve deneyimliyse ve her neyse derhal yükselir. Önünde kimse duramaz, basamakları beşer onar tırmanır.

El etek öpenlerin, dümen suyuna gidenlerin, boyun eğenlerin, biat edenlerin, kraldan fazla kralcılık yapanların marifetlerine pek iltifat edilmez.

Bizde devlet göreneği böyledir.

Örneğin Muammer Güler doz fazlası bir liyakat timsalidir.

Valiliği sırasında Taksim Meydanı'nı üç yıl üst üste 1 Mayıslara kapatmış, liyakatini kanıtlamıştır. Ayrıca adının, Hrant Dink'in valiliğe çağırılıp tehdit edilmesi olayına karışması da bir liyakat göstergesidir. Kendisi her ne kadar 'böyle bir şey yok,' demiş olsa da, bu sözler onun alçakgönüllülüğünün kanıtı sayılmalıdır. Bu yüzden, İçişleri Bakanlığına uygun görülmesi tam bir isabettir.

Yerine geçen Vali Bey de hayli liyakatlidir. Toplumsal huzuru sağlamak için elinden geleni ardına koymamış, kaş yapayım derken resmen göz çıkarmıştır. Bunlar kahramanca işlerdir. Hasletlerine bir de kahramanlığı eklemiştir. Bir pinpon topu gibi Emniyet Genel Müdürlüğü'nden dönmüş olmasına bakmayın! Liyakati sınırsızdır; her şeye layıktır.

Başka bir pinpon topu da Ramazan Akyürek'tir.

Onun adının da Hrant Dink cinayetine karıştığı söylenmiş, bunun üzerine Emniyet Genel Müdürlüğü Teftiş Kurulu Başkanlığına terfi etmiştir. Fakat her ne hikmetse görevinde fazla kalamamıştır.

Demek ki sevmeyenleri var.

Yoksa o da her şeye layıktır.

Bizde liyakat eskiden beri önemlidir.

1955'teki 6-7 Eylül olaylarının müsebbiplerinden biri olmakla suçlanan Hikmet Bil adlı gazeteci, olaydan yalnızca bir buçuk yıl sonra Beyrut'a basın ataşesi olarak aynalı göreve atanmıştır. Kendisi yaradılıştan liyakat sahibidir. O yıllarda, olayları çıkaranları, gözü dönmüş duyarlı halkımızı sokağa döken Kıbrıs Türktür Cemiyeti'nin başkanıdır.

Aynı cemiyetin iki elemanının daha olaylara karıştığı söylenir. Ali İhsan Göğüş ve Orhan Birgit…

Bu iki liyakatli insan CHP saflarında uzun yıllar milletvekilliği, hatta bakanlık yapmışlardır. İkisinin de Turizm Bakanlığı yapmış olması kaderin garip bir tecellisidir. Turizm Bakanlığının o yıllarda dostlar alışverişte görsün makamı olduğunu söyleyenlere itibar etmemek gerekir. Liyakat liyakattir.

Bu 6-7 Eylül olayı liyakat açısından pek bereketlidir…

Solcuların dediğine bakılırsa, Londra Konferansı'nda başı sıkışan Türk Hükümeti, elini güçlendirmek için bir oyun tezgâhlamış, Selanik'teki Atatürk Evi'ne dandikten bomba attırmıştır.

Bombayı atanı azmettirmekle suçlanan Oktay Engin, Yunanistan mahkemelerinde yargılanıp ceza almıştır. Kendisi sonsuz derecede liyakatli biridir. 1970'li yıllarda Emniyet Genel Müdürlüğü Yardımcılığına kadar yükselmiştir. Eskişehir Emniyet Müdürlüğü yapmıştır. Hatta Nevşehir Valiliğine de getirilmiştir.

Bizde liyakat önemlidir.

Ancak devletimizin liyakati değerlendirmekte her zaman yeterli duyarlılığı gösterdiğini de söyleyemeyiz.

Vatandaş olarak bu konuda devletten daha duyarlıyız.

Yeteneği ve yeterliliği kanıtlanmış olanları daha yükseklerde görmek istiyoruz.

Onlar buna layık.

Reza Zarrab'ı Merkez Bankası'nın başında görmek istiyoruz. Madem orada bir sorun var, kesinlikle görmek istiyoruz.

Veli Göçer'i TOKİ'nin başında görmek istiyoruz.

Egemen Bağış'ı Diyanet'in başında.

Ne o öyle, mıy mıy mıy...

Liyakat her şeyden daha önemlidir.

Devlet geleneğimizdir.

Opera ve Bale'nin başında Nihat Doğan durmalı.

Bunu ondan daha çok hak eden var mı?

Başbakan, Cumhurbaşkanı olduktan sonra, AKP Acun Ilıcalı'ya teslim edilmeli. Fena mı olur?

Futbol Federasyonu'nun başına Yıldırım Demirören getirilmelidir. *(Arkadaşlar uyardı; o zaten oradaymış.)*

Ve bütün bu yöneticiler Yiğit Bulut'a danışmalıdır.

Her konuda...

BORAZANLAR

11.07.2014

"Aloo... Emredin Padişahım!"

"Ne padişahı evladım? Ben Padişah değilim."

"Ayy, yanlış mı oldu? Emredin sadrazamım!"

"Oğlum, sen herkesten mi ziftleniyorsun? Bismark'ım ben... Prens Bismark..."

"Korkarım yine yanlış oldu sayın Prensim, nasılsınız?"

"Tatavayı bırak. Elçilikten sana 10 bin frank verecekler, Berlin'e geliyorsun!"

Basiretçi Ali Bey'le zamanın Alman Şansölyesi Bismark arasında böyle bir telefon konuşması geçmediği muhakkak...

Fakat tarih, aralarında böyle bir konuşma geçmiş gibi cereyan etmiştir. Basiretçi Ali Bey, adı üstünde, 1869'da yayına başlayan *Basiret* gazetesinin kurucusu... Gazeteyi kurarken Osmanlı Hükümeti'nin verdiği 300 altını cebe indirerek işe koyulmuş. Birkaç yıl içinde önüne çıkan fırsatları da iyi değerlendirmiş. Örneğin 1870'de patlayan Fransa-Prusya savaşında Almanların borazancıbaşılığını yapmış. Hizmeti karşılıksız kalacak değil ya! Savaş bitince Alman elçiliğinden aldığı 10 bin frankla birlikte Berlin'in yolunu tutmuş. Ayrıca Sadrazam Ali Paşa'nın giderayak cebine koyduğu 500 altına da hayır dememiş. Berlin'de 29 gün kaldığı, Bismark'la görüştüğü, kendisine hediye olarak 1000 markla birlikte bir de baskı makinesi verildiği söylenir ki, bu söylenti, gazetesine, yabancı bir devletten yardım alan ilk gazete unvanını kazandırmıştır.

"Aloo, sansür memuru Hıfzı Bey'le mi görüşüyorum?"

"Evet... Ahmet Rasim... Yine mi sen?"

"Hıfzı Bey, olmuyor ama... Bize verdiğiniz yasaklar listesine harfiyen uyuyoruz lakin siz yazdıklarımızın üstünü çizmeye devam ediyorsunuz. Buna bir hal çaresi bulalım."

"E, bu işin fıtratında bu var Ahmet Rasim; siz yazacaksınız, biz de çizeceğiz..."

"Yahu o kadar zaman harcıyoruz, kafa patlatıyoruz, yazık oluyor. Bari şöyle kapsamlı bir liste verin de hiç olmazsa ne yazmayacağımızı bilelim."

"Öyle olmuyor, Ahmet Rasim. Deniyoruz işte ama olmuyor."

"Nasıl olacak peki?"

"Bak benim aklıma bir çare geldi. Hani sen günlük yazını bitirince şöyle bir koltuğuna kaykılıyorsun ya..."

"Eee?"

"Kaykılmayacaksın!"

"Niye?"

"E kaykıldıysan yazdığını beğenmişsin demektir, yazın güzel oldu demektir..."

"Beğenmeyecek miyim peki?"

"Beğenmeyeceksin! Beğenirsen çizerim."

Hıfzı Bey, Abdülhamit'in memuru. Ulu Hakan'ın, basının kafasına kafasına vuran eli.

Ancak Ulu Hakan'ın bir eli daha var. Basını besleyen, ulufe dağıtan eli.

Dönemin ünlü ünsüz pek çok gazetecisini yemlemiş bu el.

Bir yazı döşeniyorsun, "alo, Abdülhamit," diye mesaj atıyorsun, banka hesabına paran yatıyor.

Yalnızca İstanbul'da yayınlanan yabancı dildeki gazetelere yılda 340 bin lira ödeniyor.

Fakat bana kalırsa Abdülhamit yanlış yapıyor. Bir havuz kurmak, paraları bu havuzda toplayıp tek sesli bir basın oluşturmak varken, onca adamı tek tek hizaya getirmeye çalışıyor.

Telefonlar, Devr-i Cumhuriyet'te de susmak bilmiyor…

"Aloo, Beyefendi… Ben Falanca gazeteden bilmemkim. Zordayız efendim…"

Tabii, devir değişiyor. Örtülü ödenek, resmi ilanlar, kâğıt tahsisi ve medya teşvik kredileri gibi yeni kaynaklar icat ediliyor.

Menderes döneminde, örtülü ödenekten yalnızca *Zafer* gazetesinin hak ediş tutarı yılına göre 500'le 900 bin lira arasında değişiyor.

Yeni Asır, İzmir'de hak ediş birinciliğini başka gazetelere kaptırmıyor. İstanbul'da da *Havadis* gazetesi kaptırmıyor.

Örtülü ödenekten bir de kişi olarak nemalananlar var.

Aralarında kimler yok ki…

Örneğin, Başbakanımızın pek sevdiği, meydanlarda şiirlerini okumaktan büyük zevk aldığı bir mütefekkir ve şairimiz, toplam 147 bin lirayla başı çekiyor. Hıfzı Topuz Hoca'nın kitabında yazdıklarına inanamadım, Abdurrahman Dilipak'ın kitabına da baktım; orada da başı çekiyor.

Yıl 1993… Nisan ayı itibarıyla medya teşvik kredileri dökümü…

Sabah gazetesi, 699 milyar 263 milyon…

Hürriyet gazetesi, 425 milyar 570 milyon…

Milliyet gazetesi, 334 milyar 683 milyon…

Türkiye gazetesi, 229 milyar 646 milyon…

Zaman gazetesi, 49 milyar 551 milyon...

Aynı yılın ekim ayı... Hazine ve Dış Ticaret Müsteşarlığı'nın dağıttığı açıklanan teşvikler:

Milliyet gazetesi, 765 milyar 439 milyon...

Sabah gazetesi, 613 milyar 363 milyon...

Hürriyet gazetesi, 298 milyar 199 milyon...

Türkiye gazetesi, 116 milyar 712 milyon...

Yıl 1994...

Telefonlar susmuyor...

"Aloo, Devletlûm... Bir maruzatım var, efendim..."

"Söyle birader!"

"SSK'ye borcumuz vardı ya..."

"Ne kadar borcunuz vardı?"

"Sekiz buçuk milyar kadar."

"E onu kapatmadınız mı siz?"

"Kapattık Devletlûm... Fakat şimdi bir söylenti yayıldı. Güya bir yardımlaşma sandığına fahiş fiyatla arsa satmışız. Oradan kapatmışız. Şimdi sandıkçıları yargılıyorlar Devletlûm."

"Yahu sandık benim sandığım değil mi? Kapattımsa ben kapattım, verdimse ben verdim; sen öyle her şeyi kafana takma birader!"

Yıl 1995...

"Aloo... Ben size âşığım Hanımefendi..."

"Ay, ne diyorsunuz?"

"Yalnız, biraz teşvike ihtiyacım var."

"Ne diyorsunuz? Öyle demeyin..."

"Yanlış anlamayın Hanımefendi, dört buçuk trilyon kadar..."

"Ayol, öyle deseniz ya... Ben de başka bir şey var sandım. Hallederiz. Halk Bankası'ndan hallederiz."

* * *

"Aloo... Sayın Başbakanım..."

"Evet, buyrun..."

"Sayın Başbakanım, şu sansür usulünü koysanız da biz de rahat etsek diyorum."

"Ben sansür koymam. Fakat sen haddini bileceksin, bunu aşmayacaksın, aşarsan cezanı çekeceksin."

Tahmin edin bakalım, bu görüşme ne zaman ve kimler arasında oldu? Hayır, doğru tahmin 2000'li yıllar değil. 1940'lı yıllar... Telefonun bir ucunda gazeteci Ahmet Emin Yalman var, diğer ucunda İsmet İnönü'nün başbakanı Şükrü Saracoğlu.

Telefonlar susmuyor.

"Aloo..."

"Buyrun, Sayın Hünkârım..."

"Yalnız mısın?"

"..."

"Aloo, yalnız mısın diyorum..."

"...Kapattım abicim... Yani Sayın Hünkârım... Kapı açıktı da..."

"Bak sizin kanalı izliyorum haa! Olmuyor böyle!"

Bizde, siyasi otorite sahiplerinin hiçbiri hüdayinabit değildir. Fena halde asıllarına benzerler.

DEMOKRATİKLEŞME SANCILARI

18.07.2014

Sancısız ilerleme, sancısız demokratikleşme olmaz.

Sancılanacaksın ki ileri doğru hamle yapasın!

İcabında sancıdan iki büklüm olacaksın, karın ağrısından yerlerde sürüneceksin.

Niye?

Çünkü ufukta demokrasi görünüyor. Bütün bunlar demokratikleşme sancıları.

Biz kitaplar yakmış bir ırkın ahfadıyız.

İkinci Abdülhamit'in memurları, bu iş için Çemberlitaş Hamamı'nı kullanırlarmış.

Ama bir defasında Maarif Nezareti'nin bahçesini kullanmışlar. Öyle ya, kitap en iyi nerede yakılır? Eğitim Bakanlığı'nda...

Ayrıca, yakacakları kitapları demir kafeslere koymuşlar. Herhalde kötü fikirlerle yüklü kül zerreleri rüzgârda savrulup ahalinin dimağına kaçmasın diye.

Böyle mizah duygusu sahibi ve işine bu kadar düşkün memurlar şimdi nerdee...

Onların deneyimlerinden ders çıkarılmalıdır.

Örneğin yerli sebze tohumları Gıda Tarım ve Hayvancılık Bakanlığı'nın bahçesinde yakılabilir. Devlet Opera ve Balesi'nin repertuar arşivi Kültür ve Turizm Bakanlığı'nda, erkek terörüne kurban giden kadınların çığlıkları Aile ve Sosyal Politikalar Bakanlığı'nda...

12 Mart'ta toplanan kitaplar Selimiye Kışlası'nın bahçesindeki fırında yakılmadı mı?

O zamanın ruhuna en uygun yer orasıydı...

Fakat 12 Eylül'de halk bilinçlendi. Kendi kitabını kendi yaktı...

Bütün bunlar demokratikleşme sancıları.

Abdülhamit kitap yaktıysa bir bildiği vardı da yaktı. Meşrutiyetin, özgürleşmenin, padişahın kudretini sınırlamanın sancılarını çekiyorduk.

12 Mart, 12 Eylül hep karın ağrısıdır, sancıdır.

Kitaplar niye yakıldı sanıyorsunuz?

Demokratikleşiyorduk da ondan.

1952'den bugüne kadar 22 bin yayın yasaklandı. 2011'den 2012'ye kadar 46 yayına yasak geldi...

En garip yasak da herhalde Ahmet Şık'ın *Dokunan Yanar*'ına konan yasak...

Bu yasakla Türkiye, yayımlanmadan yasaklanan kitap gerçeğiyle tanıştı.

Fakat ne yazık ki, dünya edebiyat tarihinde ilk örnek değildi. Aynı olay Rus anarşist Kropotkin'in de başına gelmişti. Tek nüshalık bir elyazması broşür yüzünden yargılanmıştı.

Yıl 1878'di. Çarlık Rusya'sı hızla demokratikleşiyordu. Sancılar içindeydi...

Geçen yıl mıydı?

Bülent Arınç Bey'in bir açıklamasını dinlemiştim.

"Nüfusumuzun yüzde 92.3'ü klasik müzik, yüzde 96.2'si caz, yüzde 82.2'si yabancı rock dinlemiyor..."

Garipsedim. Hayır, ağlamadan konuştuğu için değil... Türkiye İstatistik Kurumu, bildiğim kadarıyla başka bir bakanlığa bağlıydı; onu garipsedim.

Meğer demokrasi sancısıymış. Bakan Bey, TRT 3'ün vericilerini azaltmanın derdindeymiş. Özetle diyormuş ki, klasik, caz, rock dinlemeyin, sevgili vatandaşlarım.

Eh, sancımız varsa dinlemeyiz, ne yapalım?

HDP'nin yerel yönetim kadrolarını mı yargılıyorlar?

Hak hukuk gözetmeden!

İki bin kişiyi...

Sancıdır sancı!

Yüz kişilik casusluk davası olur mu?

Olur tabii, sancıdır!

"Devlet eliyle tiyatro olur mu?"

Olmaz tabii, sancıdır!

"Bu akşam Gezi Parkı'nı kapatalım mı Sayın Valim?"

Kapatalım.

Çünkü demokratikleşiyoruz.

Sancı şart.

EVLER KAPILAR SOKAKLAR

22.08.2014

Abdülmecit'in evi, Dolmabahçe Sarayı, rakamla 285 odalıymış. Ayrıca 45 salonu ve çok sayıda hamamı varmış.

Hayatı, zamanının muhafazakârlarıyla çekişmeler içinde geçen yenilikçi Sultan, bu denizle lebbeleb dünyalıkta pek uzun yaşamamış.

Evinin dış kapısı büyükmüş.

Fakat bütün büyük behre sahipleri gibi kapının hakkını verdiği söylenemezmiş.

Yani bu kapı kendisinin girip çıkması için pek az açılıp kapanmış.

Sonsuzluk duygusu veren geniş mekânına buyur ettiklerinin çoğu düşmanıymış.

II. Abdülhamit de saraylarının taşrasına pek az çıkarmış.

Yüksek tavanlı salonlar ve geniş bahçeler de depresif bir ruh hali yaratabiliyor olmalı ki, zat-ı muhterem kendini marangozluğa ve siyasi dedikoduları dinlemeye vermiş.

Zamanında, bahriye ve polis teşkilatının maaşını ödemek için, Mahmudiye ve Taif gemilerini hurdaya çıkarıp sattığı söyleniyor.

O gemilerin büyük limanlara açılan kapıları hep jilet olmuş.

* * *

Beyoğlu Belediye binasının projesini İtalyan mimar Giovanni Barborini çizmiş...

Said N. Duhani Bey'in yazdıklarına bakılırsa, Barborini'nin şakacı kızı bir gün şöyle demiş: "Babam binaya ana giriş kapısı açmayı unuttu, sonra da bu unutkanlığını, iki yana iki kapı açarak telafi etti..."

Bundan daha kötüsü de var.

Bir ülkenin dışa açılan bir kapısının olmaması...

Üç tarafı denizle, kalan tarafı da son hükümetin gayretle yarattığı düşmanlarla çevrili bir ülkeye kapı açmak müşkül bir iş.

Fakat en beteri herhalde bu değildir. Evin var, kapın var... Dışarı çıkma niyetin de var...

İşte en beteri bu; nereye gideceksin?

Yaşadığımız evleri sokaklar tamamlıyor.

Kapın var mı, var! Dört duvardan sıkıldın mı? Sıkıldın! Öyleyse vur kendini dışarı! Henüz dışarısı diye bir yer varken...

Dışarı açılan kapım yok mu diyorsun? Al eline bir kazma, duvarları yık!

Dışarısı korkutucu mu?

Aşk olsun!

Korkun padişahınkinden büyük değil ya!

ASİMETRİSTAN

29.08.2014

Büyük kentlerin yüksek tepelerindeki battal boy bayraklara bakın!

Merkezî siyasi otoritenin dünyadaki saygınlığı azaldıkça bayraklar büyüdü.

Giderek büyüyorlar...

Hoşgörüden ne kadar çok bahsedersek hoşgörümüz azalıyor.

Daha çok Mevlânâ şiiri okunuyor. Daha çok Yunus...

Suriyeli göçmenler, Çingeneler, Aleviler, LGBT...

Giderek daha çok taşlanıyorlar...

En büyük Türkçülerimizden biri olan Reha Oğuz Türkkan, Uğur Mumcu'nun dediğine göre sonradan olma Amerikan vatandaşı...

Hoca Efendi Amerika'ya sığınıyor.

Bütün konuşmalarında Amerika'dan şikâyet edenler, Amerikan emperyalizminden dem vuranlar çocuklarını Amerika'da okutuyorlar.

Adam stratejik derinlik diyor, sıfır sorun diyor.

Başına çuval geçiriyorlar. 49 vatandaşını esir alıyorlar.

Unutturmaya çalışmaktan başka bir şey yapmıyor.

Çareler azalıyor, retorik coşuyor.

* * *

Millî gelir ne kadar yükselirse yoksulluk o kadar artıyor.
Adalet küçüldükçe sarayların sayısı artıyor.
Adalet Sarayı, Belediye Sarayı, Emniyet Sarayı, Simit Sarayı...
Giderek artıyorlar...

Yandaş akıl üfürüyor; sivil otorite diyor. Menderes dönemine göndermede bulunuyor.

1960 yılına kadar sıkıyönetim idarelerinin işlem ve eylemleriyle ilgili tek bir Danıştay kararı olmadığını unutuyor.

O sivil otorite, Kürt köylülerine bok yedirmenin ya da Roboski'nin hesabını hâlâ soramıyor.

Devletin sivil bir şey olmadığını herkes biliyor.
Yandaş bilmiyor.
Biliyorduysa da giderek unutuyor.

Durum fazlasıyla ironik... Kim ne söylüyorsa aslında tersini söylüyor.

Olguların gerçek anlamlarını yitirmelerine alışmamızı bekliyorlar.
Giderek daha çok alışmamızı bekliyorlar.

Asimetrik paralelin iki sopası arasındaki uzaklık giderek açılıyor.
Cambaz zor durumda.

SARDI KORKULAR!

05.09.2014

Ne buyurmuştu Celal Bayar?
"Bu kış komünizm gelecek!"
Geldi mi?
Gelmedi.
Ama o kış 12 Eylül faşizmi geldi.
Öngörünün böylesine şapka çıkarmak lâzım.

12 Mart'ın başbakanlarından Ferit Melen de şöyle buyurmuştu: "Muhtıra o gün saat 13 bülteninde okunmasaydı, solcular hepimizi Sibirya'ya süreceklerdi..."
Adamdaki korkuya bak! Fanteziye bak!
Hakkâri filan değil!
Düz Sibirya...

Bir CHP afişi hatırlıyorum.
90'lı yılların sonundan... Bir belediye seçiminden...
Afişte, "İran ne kadar uzak?" diye yazıyordu.
Korkunun sahibi başkan adayı, söylediklerine kendisi de inanmamış olmalı ki, birkaç yıl sonra yapılan başka bir seçimde AKP'ye oy verdiğini açıkladı.

Demek ki korkmuyormuş, yalnızca korkutuyormuş...

Celal Bayar gibi.

Ferit Melen gibi.

Bir de korkularında samimi olanlar var.

Samimiyet dereceleri nedir bilemiyorum ama uzaktan bakınca samimi görünüyorlar.

Namık Kemal'in, 1876'da Sultan Abdülhamit'e Kanun-i Esasi hakkında bir mütalâa verdiği, bu mütalâada, Çıplak Mustafa'nın akılda Sait Paşa'yla, zenginlikte Sarraf Zarifi'yle eşit olamayacağını, ama kanun önünde eşit sayılabileceğini belirttiği söylenir.

Çıplak Mustafa, dönemin İstanbul'unda tanınan bir meczup, şöhretli bir deli.

Namık Kemal, Zat-ı Şahane'nin herhalde şöyle düşünmesinden ve korkmasından endişe etmişti:

"Ne yani, Çıplak Mustafa'yla eşit mi olacağım?"

Tabii ki Abdülhamit'in böyle düşünüp düşünmediğini bilmiyoruz ama toplumun özgürleşmesinden korktuğunu biliyoruz. Çünkü aradan iki yıl geçmeden Kanun-i Esasi'yi askıya aldı, Namık Kemal'i de doğduğuna pişman etti.

Ayrıca şunu da biliyoruz ki Padişah korkularında samimiydi.

Nerede uyuduğu bilinmesin diye sarayın birçok odasına karyola koydurtmuştu.

Bence işlevsel bir güvenlik önlemi.

Zamanın padişahlarına önerilebilir.

Samimi olsunlar...

Osmanlı padişahlarının pek çoğu ileri derecede paranoyaktı.

Çocuklarını, kardeşlerini, torunlarını korkularından ötürü öldürmüşlerdi.

İktidarı kaybetme korkusu, devletin yıkılması korkusu; adına ne derseniz deyin.

Yakın tarihimiz de korku filmi kahramanlarıyla doludur.

Halide Edip, modern çağı yakalayamama korkusundan, bir dönem Amerikan himayesini savunmuştu.

O da belki samimiydi; insanın içini bilemeyiz.

Aynı korkudan Turgut Özal da mustaripti; çağı yakalayamamak...

Çok şükür, onun içini dışını tanıyoruz. En azından fikriyat, neşriyat ve edebiyat camiasından değil de Madeni Eşya Sanayicileri Sendikası'ndan, sermaye camiasından neşet ettiğini biliyoruz.

Süleyman Demirel'in de hakkını yemeyelim. Kendisi, yerli yersiz her şeyden korkardı. Anayasa'dan, grevlerden, ordudan, özgürlüklerden, çöküşten, bölünmekten...

Türkiye'de siyasî efkâr ve ahkâm korkular üzerinden yürür.

Fikir ve hüküm sahiplerinin sahiden korkup korkmadıklarını tespit etmek güçtür ama ahaliyi korkutmakta pek hünerli olduklarını söyleyebiliriz.

Askerî harcamalar devlet bütçesini deve eder. Korkudandır.

Kürtlere seksen sene "kart kurt" deriz. Korkudandır.

Çalışanların hakları dibe vurur, sendikalar, siyasi partiler kapatılır, akademik özgürlükler doğranır; hepsi korkudandır.

Bütün bu korkular, sonunda siyasi bir iklim yaratır.

O iklimde toprağı, sadece kendi ikbaliyle ilgilenen asalak bitkiler, ayrık otları sarar.

Bizde korkular bitmez.

Bazıları 12 Eylül yasalarıyla demokratik bir Türkiye yaratmanı dâhice bir fikir olmadığını idrak edememiş görünüyorlarsa korkudandır.

O fikir sahiplerinin zulümleri, hukuksuzlukları hep korkudandır.

Bizde korkular bitmez.

Sırası gelen korkar.

KAPİTALİZMİN YENİ DİLİ

26.09.2014

Postmodern çağ bize yeni bir dil kazandırdı.

Kuş dili!

Hükümetler, büyük şirketler, merkezi iletişim kanalları, liberal filozoflar ve adına kanaat önderleri denen bir kısım siyasi güç ve keramet sahipleri, uzunca bir süredir bu dili konuşuyorlar.

Bu, insanın nesneleşmesinin dili...

Kuş dili!

Kapitalizmin ilk iki yüzyılında, üstü ilerleme mitoslarıyla örtülen bu dil, şimdi pornografik bir açıklığa kavuşuyor.

Üst üste yığılmış çıplak cesetler, birbirini boğazlayanlar, kafa kesenler, açlıktan, susuzluktan ölen çocuklar...

Nesneleşiyoruz.

Nesneleştikçe cibilliyetsizleşiyoruz.

Nesneleşme karşısındaki kayıtsızlık her alanda, her toplumda bulaşıcı bir alışkanlığa dönüşüyor.

130 bin Kürt göçmen lâfının içinde herhangi bir aidiyet, herhangi bir yakınlık aramıyoruz, bulmuyoruz, hissetmiyoruz.

Daha da kötüsü o lafla tanımlanan insanların ekmeğimize göz diktiklerini düşünüyoruz.

İtalya kıyılarına vuran ölü Afrikalılar, hafızamızda ancak bir rakamlar toplamı olarak yer buluyor.

Irkçılık giderek daha sık aralıklarla ve daha yaygın bir biçimde kendini gösteriyor.

Savaş hukuku geriliyor. İki büyük savaşın öğrettiklerini unutuyoruz. Cemiyet-i Akvam ve Birleşmiş Milletler'in hangi amaçla kurulmuş olduğunu artık bilmiyoruz. Merak da etmiyoruz.

Barbarlık yasallaşıyor.

Kapitalizm vahşileşiyor.

İnsan nesneleşiyor.

Kuş dili konuşuyor...

Üretim ve ilerleme mitosu insanı körleştiriyor.

Hükümetlerin ilerleme fikriyle neyi kastettiklerini göremiyoruz.

Üst üste yığılan modern çağlara ait bilgi ve daha da önemlisi praksis, bireyin kendi edimlerinden âşıkane bir haz almasını kışkırtmıyor. Politikalar yalnızca edimsiz bireyi olumluyor.

Bu yeni dili, herhangi bir ontolojik meselenin anlaşılmasına hizmet edecek bir başka dile çevirmek pek mümkün görünmüyor. Çünkü dilin kendisi, birey için, yalnızca yüklemi olan, öznesi olmayan bir yaşam biçimini öneriyor. Tüketen insanın özne-insan olduğuna dair bir yanılgıya kolayca düşebiliyoruz.

Bireyin kaderi, kapsamlı bir ideolojik bombardımanın altında, amaçsız insanın kaderine; üreten, ürettiğine tamamen yabancılaşan, ürettiğinden çok tüketen ve toplumsal-siyasal çevreyle ilişkisinde nesneleşen insanın kaderine dönüşüyor.

Bu dilin yaygınlaştığı toplumsal çevre, bireyler arasındaki dayanışmayı zorunlu kılmıyor. Tam tersine engelliyor. Bu dil barış, esenlik, hoşgörü kavramlarının önüne, kapitalizmin ihtiyaç duyduğu verimlilik ve belirsizlik kavramlarını koyuyor. Altın, petrol, silah ve para değerlerinin "çözdüğü" büyük birikim dünyasının sorunlarını, çalışan bireyin önüne kutsal bir kitap gibi koyuyor. Bu dil bölgesel savaşları, kargaşayı, güvencesizliği olumluyor ve bu dili konuşanlar kavramlarını dinselleştirerek kullanıyorlar.

Bu dil, bir projeksiyon aracıdır. "Tanrı iyidir" önermesi, nasıl "artık kötü ve günahkâr olabilirim" önermesini gizliyor ve gizlemek için kullanılıyorsa, "üretim iyidir" önermesi de "tüketim iyidir" önermesini gizliyor.

Bu dil, bireyin tanrısal iyiliğe, amaçlılığa duyduğu ilgiyi bitiriyor. Bireye ait iyi şeyler, toplumsallaşmış ve gerçek anlamını yitirmiş "iyi şeylere" dönüşüyor; sermayenin birikimine ve dolaşımına... Dönüşüm sonrasında, bireye ait ve birey için iyi olan o şeylerin vasıfları ve tanımları birey için de değişiyor. Üretmek ve daha çok da tüketmek, bireye emeğini yönlendirebileceği biricik alan, bir fetiş alanı olarak görünüyor.

Kapitalist sistem, bugüne kadar bireye, bir nesne olmanın, en iyi ihtimalle ekonomik hacmin birimi olmanın dışında bir şey sunmadı.

Çünkü kapitalist sistemde yığınlar bireylerden oluşmaz.

Tam tersine, bireyler yığınlaşır.

İtalya kıyılarına vururlar.

Urfa'ya, Antakya'ya sığınırlar.

Başka yığınlar da onları seyreder.

Hiçbir şey hissetmezler.

BELGESEL

10.10.2014

Vahşi yırtıcının dişleri antilop yavrusunun boğazına kenetlenmiş...

Yırtıcı kımıldamadan duruyor; burnundan nefes alıyor.

Yavru çırpınıyor.

Az ötede birkaç sırtlan beliriyor.

İlgiyle izliyorlar.

Bekliyorlar.

Rojava, Soma, Kobane...

Çeşit çeşit yırtıcılar, çeşit çeşit leş yiyiciler.

Susanlar...

Tepelerde biriken izleyici kitlesi... Alkışlayanlar, yüreklendirenler, dudak bükenler, omuz silkenler, tezahüratta bulunanlar, vicdanı sızlayanlar, yırtıcıyı taşlayanlar...

En çok da susanlar!

Ağaçların altına, çalılıkların içine koltuklarını atıp uzananlar, çekirdek çitleyenler, belgesel seyircileri...

Susanlar.

Toplumların akıl sağlığı bozulur mu?

Eğer bir akılları olduğunu varsayarsak, bozulur.

Çoğunluğun akıl sağlığı bozulursa toplumların da akıl sağlığı bozulur.

Demokrasi fetişini prozac diye yuttururlar adama.

Çoğunluk hiçbir şeye hakkı olmadığına inandırılırsa, toplumların akıl sağlığı bal gibi bozulur.

Vicdan ölür. Her şeyi normal karşılarız.

Adam çıkıp "Şiddet misliyle karşılık bulacaktır," der.

Normal karşılarız.

Misillemeyi güvenlik güçleri yapacak değil a!

Doğal olarak, paramiliterler yapacak.

Bunun üzerine musikişinas spikerimiz de şunu yumurtlayacak:

"Ölenlerden yalnızca biri polisle çatışmada öldü..."

Normal karşılayacağız.

Çok şükür diyeceğiz.

Yalnızca kendi konforunu düşünen biri için, otoritenin baskısına boyun eğmek konforun bir çeşididir.

Susmak da bir konfordur.

Vicdansız bir konfordur.

Maaile antilop yavrusunun ölüm dansını izliyoruz. Debeleniyor...

Çoğunluk prozac'ı atmış.

Gülümsüyor. İzliyor.

Kimi silahla öldürüyor.

Kimi pençeleriyle, dişleriyle.

Kimi de susarak.

CETVEL

24.10.2014

Mühendis kafalı insanlardan oldum olası korkarım.
Kedi resmini bile cetvelle çizerler...
Cemal Süreya böyle demişti.
Oldum olası korkarım.

Bunların siyasetle uğraşanları insan resmini de cetvelle çizerler.
Çizmelerine kimsenin bir şey dediği yok. Çizsinler.
Fakat o çizdikleri şeye benzememizi istemiyorlar mı?
İşte o zaman durum can sıkıcı bir hal alıyor.

Ellerinde cetvelle sağlı sollu geliyorlar.
Hayatımıza iki üç çizik atarak yamuk görünen yerlerimizi akıllarınca düzeltiyorlar.
Nasıl yaşamamız gerektiğini söylüyorlar.
Başkalarını kendi ölçülerine çekmeyi matah sanıyorlar.
Kendileri gibi düz çizgilerden oluşmamızı istiyorlar.

Soru sormayı sevmiyorlar. Cevapları seviyorlar.
Onlar gibi yaşayalım istiyorlar.

Onların gösterdiği tepkileri gösterelim, onların inandıklarına inanalım; onlar gibi inanalım.

En çok onlar acı çekti. En kırılgan, en duyarlı onlar…

En mağdur onlar.

Her bir boku onlar biliyorlar. Bütün terazilerin sahibi onlar.

Kendilerine benzemekten başka çaremiz olmadığını düşünüyorlar.

Hatta kendileri olmamızı istiyorlar.

Muhalefetsek onlar gibi muhalefet etmeliyiz.

Bir iktidarımız varsa, bunu onlar gibi kullanmalıyız.

Peki, hiçbir iktidara inanmıyorsam ne olacak?

İktidarın gerekliliğine inanmıyorsam…

Diyelim düşmanıma benzemeyi reddediyorum.

Hizaya gelmek, hizaya getirmek istemiyorum.

Kimseye benzemek istemiyorum, yalnızca kendime benzemek istiyorum.

Hayatımda cetvel istemiyorum.

Ne olacak?

İnsanın, her soruya verilecek bir cevabının olmaması ne kadar güzel.

RECEPLER, SATIRLAR VE ÖZGÜRLÜKLER

31.10.2014

"Bizim işimiz gerçeği değiştirmek... Bugüne kadar zulüm görenleri birinci sınıf vatandaş haline getirmek."

"Hepsini mi?"

"Hepsini tabii. Bak ne yazıyor bu gazetede... Oku, oku... Oku da öğren!"

Okuyorum. Gazetenin tarihi 2 Nisan 1947...

"Recep Peker, İstiklâl Mahkemelerinin henüz kaldırılmadığını hatırlattı..."

Bizde Recep çok.

Adam bakmış iktidarı kaybediyor, Demokrat Parti'ye tehdidi basmış.

"Ayağınızı denk alın; İstiklâl Mahkemelerinde sürüm sürüm süründürürüz," diyor.

"Oku! Bunu da oku! Ne demiş Kemal Satır? Oku da öğren!"

"Ne demiş?"

"Biz istersek Demokrat Parti'yi kapatırız," diye buyurmuş.

Nitekim istemiş ve kapatmış... 5 Aralık 1947'de söylemiş.

E, bizde satır da çok.

İktidarı eline alan doğruyor.

* * *

"Bak, bak, asıl bunu oku... 22 Ocak 1961 tarihli *Cumhuriyet* gazetesinden bir haber."

Okuyorum.

"İstanbul Valiliği gericilerin sakallarının kesilmesine karar verdi..."

Vay anasını!

Peki, sakal sahibinin gerici olup olmadığını nasıl tespit edecekler?

"Orasını sen düşün! Benim vatandaşımın sünnetine gözlerini dikmişler. İşte biz bu gerçeği değiştirmeye geldik. Bizim işimiz gerçekle!"

Peki, sakalsızların gerçeği ne olacak? O değişmeyecek mi?

"Değişecek tabii... Bugüne kadar değiştirdik, bundan sonra da değiştirmeye devam edeceğiz."

Taşeron şirketler?

"Devam edeceğiz, devam edeceğiz. Değiştirmeye devam edeceğiz..."

İş güvenliği, partiler yasası, sendikalar yasası, seçim yasası?

"Devam edeceğiz, devam edeceğiz..."

Neye devam edeceksiniz? Değiştirecek misiniz, değiştirmeyecek misiniz?

"Devam edeceğiz... Kararlıyız, devam edeceğiz. Gerçeği değiştirmek o kadar kolay değil."

Ne kadar zor?

"E kolay değil... Ama bizim de bazı yöntemlerimiz var. Gerçeğe kıçınızı dönerseniz hemen değişiyor. Mesela Kobani Araplarındır. Sen kızını bir erkeğin kucağında görmek ister misin?"

Madencilerin gerçeği?

İş kazasına uğrayanların gerçeği?

"Onlar uğruyorlar. Bazen uğruyorlar. Biz de bütçe elverdiğince gerçeklerini değiştiriyoruz. Şehit diyoruz; daha ne istiyorlar?"

Şehit değiller mi yani?

"Eh yani... Bakıyorsun... Hani bir cihat olayına girmemişler. Tamamen bizim iyi niyetimizdendir. Birinci sınıf vatandaş haline getiriyoruz."

Özgürlüklere inanıyor musunuz?

"Ben demokrasiye inanıyorum. Demokraside kimse kendi sınırını aşmaz; haddini bilir. Oyunu verir, oturur susar. Beğenmiyorsa gider bir başkasına oyunu verir; yine oturur susar. Susmak en büyük erdemdir, en büyük irfandır."

Özgürlükler?

"Öyle olmaz... Öyle özgürlük olmaz. Olmasın! Milletin muvafakatinin, milletin iradesinin üstünde rey olur mu? Biz öyle konjonktürle filan gideceklerden değiliz. Hukukun üstünlüğü filan diyorlar. Öyle şey olmaz! Aslolan iradedir. O da bende var. Hem özgürlük dediğin şey elle tutulur, tarif edilir bir şey mi? Herkese uygun mudur? Çok mu gerekli? Bak, demokrasi dediğin şeyi elle tutabiliyorum, elleyebiliyorum. Heykel çamuru gibi... Sabaha kadar oyna! Ayakkabı kutusuna koy, gemi yap, AVM yap, icap ediyorsa ağaç yap. Özgürlük öyle değil ki...

Sen kızını bir erkeğin kucağında görmek ister misin?

Mesele budur."

HIRSIZ VAR, HIRSIZ VAR!

12.12.2014

Beydeba'nın ünlü fablı Kelile ve Dimne'de bir hırsız fareden bahsedilir.

Zeyrek adındaki bu fare, uzun yıllar kahırlı bir yaşam sürdükten sonra bir dervişin tekkesine sığınmış.

Tekkede tırtıklanacak şey boldur. Dervişler zikir ve ibadetle kendilerinden geçtiklerinde, Zeyrek gizlice deliğinden çıkar ve kilerde ne var ne yok, hepsini bir güzel yer.

Bununla da kalmaz, altın hırsızlığına başlar.

Yıllar sonra yeniden fakir düştüğünde, arkadaşlarına o güzel günleri anlatırken şöyle der Zeyrek:

"Bu arada, garip bir biçimde yanım yörem arkadaş doldu. Hiç tanımadığım, o güne dek yüzünü bir kez olsun görmediğim nice fare dost oldu benimle.

"Dervişin yiyecekleri bana da, onlara da yetiyordu. Altınlarım da çoğalmıştı hani. Bayağı bir servet oluşmuştu mahzende.

"Fareler altınlara sahip oluşuma çok önem veriyorlardı. Onlar arasında, sözüm, hatırım sayılır bir duruma gelmiştim. Hatta bana 'komutanım' diyorlardı. Her konuda son söz bana aitti."

Adam Worth, on dokuzuncu yüzyılın kahramanlarından biriydi.

Kendisini yıllarca yakalamaya çalışan Dedektif Pinkerton'un bile saygı duyduğu bir hırsızdı.

Mesleğini dünyanın dört bir yanında icra etmiş, adamlarından birkaçının tutuklanması üzerine İstanbul'a da gelmişti.

Çaldığı bir tabloyu uzun zaman sakladıktan sonra, ölümüne yakın, sahiplerine teslim etmişti.

Kötü huyları da vardı ama Conan Doyle'un kendisinden ilham alarak yarattığı Moriarty karakteri kadar kötü biri değildi.

Vicdanlı bir insandı.

Fransa'da, girdiği evin ünlü bir yazara ait olduğunu öğrenince, "Vallahi sizin eviniz olduğunu bilmiyordum, eve girince öğrendim ve hiçbir şey almadım," mealinde bir not bıraktığı söylenir.

Günümüz hırsızlarına benzeyen hiçbir yanı yoktu.

Albert Spaggiari, macerayı severdi.

Asıl mesleğinin fotoğrafçılık mı, yoksa hırsızlık mı olduğuna kendisi de kesin bir karar verememişti.

İş arkadaşlarını düzgün çocuklardan seçer, düzgün değillerse en azından düzgünleştirmeye çalışırdı.

1976'da Fransa'da büyük çaplı bir banka soygunu gerçekleştirdi. Finans sermayesinin halkın cebinden yürüttüğü kadar yürütmüş olmasa da, hasılat hafife alınmayacak boyuttaydı.

Kasaya bir not bıraktığı söylenir:

"Silah yok, nefret yok, şiddet yok..."

Onun da günümüz hırsızlarına benzeyen bir yanı yoktu.

Bugünün hırsızları bütün bu inceliklerden nasipsiz kalmış görünüyorlar.

Beydeba'nın faresi kadar açık sözlü olamıyorlar.

Adam Worth kadar olsun, Spaggiari kadar olsun saygıyı hak etmiyorlar.

Çalarken gözümüze sokuyorlar. Hırsız var diye bağırıyorsun; onlar senden daha çok bağırıyorlar. Yargılanmamak için bin takla atıyorlar.

Öyle anlaşılıyor ki, yaşlandıklarında, Adam Worth gibi şövalyece bir davranışla, çaldıklarını geri vermeyi de düşünmeyeceklerdir.

Onlar daha çok, Reşat Ekrem Koçu'nun anlattığı Yeniçeri kolluklarına benziyorlar.

"Kolluk önünde iskemleler atıp oturuyorlar. Akşam karanlığında ve geceleyin kolluk önünden geçmek gafletini gösteren erbab-ı namusu, 'Senden şüphelendik, buralarda ne dolaşırsın, üstünü arayacağız,' diye cebren içeri alıp, saat, kese, çubuk gibi kıymetli eşyalarını alıyorlar..."

Osmanlının son yüzyıllarında, hırsızların takibi ve yakalanması işine, Böcekbaşı adı verilen inzibat görevlileri bakarmış.

Bunların çoğu eski suçlulardan, nedamet getirenlerden devşirilirmiş.

Pek kıymetli muharrir Akif Beki, magazin basınının saldırganlığını eleştirdiği, yıllar önceki bir yazısında, bu devşirme işine ustaca bir ironiyle değinmişti.

"Gelin, özel hayatı koruma sorumluluğunu, biz de magazin gazetecilerinin omuzlarına yıkalım," demişti.

Tabii, ironiyi daha ileri safhalara taşımak da mümkün.

Örneğin devlet görevlileri, hükümet yetkilileri, makam sahipleri, tövbe etmiş suçluların, hırsızların, uğursuzların arasından seçilemez mi?

Seçilebilir.

İyi de olabilir.

VİZYON BAYRAĞI

26.12.2014

Bizde siyaset erbabı eskiden beri fevkalade ileri görüşlüdür.

Huyları, fıtratları farklı olsa da, bu vizyon bayrağını elden ele taşımışlardır.

Dünya nereye gidiyor, halkı mutlu etmenin koşullarını nasıl hazırlarız, geleceğin müreffeh Türkiye'sini nasıl yaratırız?

Hayatları, bu sorulara yanıt aramakla geçmiştir.

İlk basın yasakları, 1858 tarihli Ceza Kanunu'yla hukukumuza kazandırıldığında, memlekette hepi topu iki gazeteyle bir dergi çıkıyormuş.

Basın olmayan yerde basın yasağının ne işi var diye soracak olursanız...

Herhalde bir gün lazım olur diye getirmiş olmalılar.

Üstelik zahmet edip kendileri de kaleme almamışlar, 1853 tarihli Fransız Ceza Kanunu'nu tercüme etmişler; olmuş bitmiş.

İleriyi görmüşler.

Ne için görmüşler?

Refah için görmüşler. İlerleme için görmüşler.

Fransızlar bu yasakları koyduklarında, Fransa'da basın denen şey iki yüz yıldan beri varmış.

Yasakları koyan iktidar sahipleri, bu iki yüzyılın son yarısında büyük badireler atlatmışlar. Devrim yılları, komün yılları, komünist, anarşist basın, binlerce muhalif dergi, gazete...

Velhasıl tehlike bir hakikatmiş.

Bizim tehlikeyse henüz bir hakikat değilmiş.

Ama yasaklar varmış.

Kanunu tercüme edenler, geleceği çok önceden görüp de tercüme etmişler.

Şimdilerde ihtiyaca göre bizzat kendileri yazıyorlar.

Bayrağı taşıyorlar.

Ne için taşıyorlar?

Halk için taşıyorlar.

Kenan Evren şöyle bir gelecek hayal etmişti... Hatta ifade tarzına bakılırsa, neredeyse vasiyet etmişti:

"Bir zaman gelecek, belki şu her tarafı ağaç ve otlarla kaplı bölgede mamur, medeni ve büyük bir şehir meydana gelecektir. Bunu görünce, sizler iftihar edeceksiniz, bizler de sizinle iftihar edeceğiz..."

Aynen dediği gibi oldu.

Kenan Evren geleceği gördü.

Medeniyeti, ağaçların ve otların mefhum-u muhalifi sanan zalim tabiatlı bir kısım mağdur, Kenan Evren'den bayrağı devraldılar. O bayrağı getirip, şehirlerin en şehir yerlerine AVM'ler olarak, tarım alanlarının en tarım alanı olan yerlerine madenler olarak, fallus gibi dikiverdiler.

Diktatörün rüyası hakikat oldu.

İleri görüşlülüğü kanıtlandı.

Kenan Evren başka bir şeyi daha önceden gördü.

Daha o günlerde, kuvvetler ayrılığı ilkesinin aslında kuvvetler çatışması olduğunu beyan etti. Bununla da yetinmedi. Hukuk devleti kavramının, vatandaşı müdafaa etmekten çok devleti müdafaa etmek anlamına geldiğini söyledi.

Bugünün mağdurları bu bayrağı da devraldılar. Tıpkı Kenan Evren gibi bayrak taşımanın gereklerini yerine getiriyorlar.

Ne için getiriyorlar?

Ahalinin huzuru için getiriyorlar.

Bu vizyon denen şey önemli bir mesele.

Türkiye siyasetinde, Kenan Evren'in öldükten sonra nereye gideceğini öngörenler bile çıkmıştır.

Örneğin taze mağdur Hoca Efendi böyle biridir ki, şöyle diyebilmiştir:

"Evren Paşa, demokrasinin kesintiye uğraması ve daha pek çok açıdan tenkit edildi. Ama seçmeli din derslerini mecburi yapmakla yararlı bir iş yapmıştır. Bu iş kanaatimce öyle büyüktür ki, doğrusunu Allah bilir, hiçbir sevabı olmasa bile bu icraatı ona yetebilir, ahirette kurtuluşuna vesile olabilir, cennete de gidebilir..."

Velhasıl öngörmüştür.

Kenan Evren, cehennemde cayır cayır yanacağım diye evhama kapılmamalıdır.

Bayrağı devralanlar da evhama kapılmamalıdır.

Yeni yıl yaklaşıyor ya...

Bir takım vizyon sahibi medyum, televizyonlarda şık şıkıdım boy gösteriyor.

Vizyon bayrağını sallıyorlar.

Dediklerine bakılırsa, önümüzdeki yıl Rusya çatırdayarak batacakmış.

Amerika yalnızca çatırdayacakmış; batmayacakmış.

AB gemisindekiler birbirine girecekmiş, gemi su alacakmış, tayfalar isyan edecekmiş…

2015 Yeni Türkiye'nin yılı olacakmış.

Cari açık kapanacakmış.

Demokratik özerklik hayata geçirilecekmiş.

İsteyen, anayasal haklarını kullanarak hükümeti protesto edebilecekmiş.

Yılın ilk yarısında 981 basın çalışanı işten atılmayacak, 56'sı istifa etmeyecekmiş.

Yeni hükümet, iki milyon Suriyeli göçmen için uygar bir barındırma politikası düşünecek ve hatta uygulayacakmış.

Mithat Sancar konuşurken reklam arası verilmeyecekmiş.

CHP sosyal demokrat olacakmış. Olamayanlar MHP'ye katılacakmış.

TÜBİTAK, TOKİ'yle işbirliği yaparak betonda yetiştirilen domates tohumu icat edecekmiş.

Yiğit Bulut, Fuat Avni olduğunu açıklayacakmış.

Biber gazı alımı durdurulacakmış.

Berkin Elvan'ın katili hak ettiği cezayı alacakmış.

Gezi unutulacakmış.

İŞKENCE

02.01.2015

Tarihçi Lucien Febvre, Fransızca çalışmak (travailler) kelimesinin, Latince tripaliare'den (üç çatallı palium, yani tripalium ile işkence yapmaktan) geldiğini söyler.

Yazdıklarına ve verdiği örneklere bakılırsa, kelime 17. yüzyıl Fransa'sında "hâlâ sıkıntı, bıkkınlık, bitkinlik, acı çekme ve aynı zamanda aşağılanma anlamlarını içermeyi sürdürmüş..."

Bu biraz da münzevi, çileci Hıristiyanların dünya işlerini önemsemeyen tembelliklerinin Fransız diline yansımasıymış ki, izleyen yüzyıllarda bu yansıma, yerini kavramın başka ve yeni gerçekliklere uyarlanmasına bırakmış.

Günümüz insanının çalışmakla mutlu olunabileceğine değilse de mutluluk içinde çalışılabileceğine duyduğu inanç ya da umudun, geçmişin çalışmaktan gocunmayan istisnai öncülerinin açtığı yolda, esas olarak son iki yüzyılda şekillendiğini biliyoruz.

Çalışan yığınların emeklerine sahip çıkmaları...

Burjuvaziyle, sekiz saatlik iş günü için, kreş için, sosyal güvenlik için, iş güvenliği için iki yüz yıllık bir kavgaya tutuşmaları...

Çalışmanın artı değer yaratan bir şey olarak cisimleştiği fikri...

Daha âdil bir dünya fikri, sosyal adalet ve sosyalizm fikri...

Bütün bunların, yalnızca tembel ruhanilerin pabuçlarının dama atılması anlamına geldiğini söylemekle herhalde yetinemeyiz.

Epey uzun bir süredir yeni ve deyim yerindeyse en azından daha kutsal bir hakkın zuhur etmiş olduğunu da söylemeliyiz.

Daha az çalışma.

Daha çok boş zaman.

Tembellik hakkı.

Öte yandan, kapitalizmin seksenlerden sonraki yeni yüzü, bu hakların, geçmiş kavgaların kazanımlarıyla garanti altına alınmış olmadığını kanıtlıyor.

Sendikasız bir iş dünyası yaratılıyor.

Sekiz saatlik iş günü hayal oluyor.

Gelir dağılımındaki adaletsizlik ürkütücü hale geliyor.

Bu yüzden kavga bitmeyecek. Bitmiyor.

Kavga her gün yeniden başlıyor.

Kapitalizm, karşısına çıkan, yolunun üstünde duran hak taleplerini teknolojik atılımlarla çözmeye çalışıyor.

Ama aynı zamanda, savaşın ve istikrarsızlığın yaratıcısı bir sistem olarak adalet sorununu derinleştiriyor.

Yarının öngörülemez bir şey olduğuna ilişkin inancı çalışan bireyin zihnine kazıyor. Çalışan birey için tarihî bir açılım olan tembellik hakkını tüketme hakkıyla ikame ediyor.

Türkiye, bu yeni tarz modernleşmenin vahşi bir karikatürü.

Bu ülkede, çalışanlar için iş yaşamı, on yedinci yüzyılın ve öncesinin tripaliare'sine, işkencesine dönüştü.

Yarını artık öngörebiliyoruz.

İş kazaları 2015'te de devam edecek.

İstikrarsızlık derinleşecek.

Daha çok basın çalışanı işten atılacak, içeri tıkılacak. Plazalarda, atölyelerde çalışanlar gece ondan önce evlerine dönemeyecekler.

Bu yetmeyecek.

Hafta sonları da çalışacaklar.

Bu da yetmeyecek.

Herkes eve iş getirecek.

Kapitalizm büyük sermayenin ütopyasıdır.

Sırtlanların ütopyasıdır.

Anadolu sırtlanlarının da ütopyasıdır.

DELİLER GEMİSİ

09.01.2015

"Nereye gidiyorsun?"

"Ruhsuz işler yapmaya gidiyorum."

"Ruhsuz işler derken?"

"Büyük işler yani... Büyük binalar, büyük alışveriş merkezleri, büyük saraylar, büyük ilerlemeler, büyük adımlar... İmparatorluk işleri."

"Neyle gidiyorsun?"

"Gemiyle gidiyorum... Sebastian Brant'ın Narrenschiff'iyle... Hani şu Rönesans çağının delilerle, meczuplarla dolu hayalî gemisi var ya, onunla. Bütün ülkeyi gemiye doldurdum. İçerde ne ararsan var. Açgözlülük, kibir, yalan, ayak oyunları, hırs... Ama en önemlisi delilik ve suç. Delilik toplumsallaşınca delilik olmaktan çıkıyor. Suç da öyle. Bu yüzden, gemidekilerin çoğu her şeyi anlayışla karşılıyor. Onlara her şey olabilirmiş gibi geliyor. Hırsızlık mubah, cinayet hoş görülebilir, adalet gereksiz. Bu gemidekilerin çoğu deli ve suçlu."

"Bunca yükün altından nasıl kalkıyorsun? Gemiyi nasıl yönetiyorsun?"

"Çok kolay... Sağduyuyu öldürüyorum. Her gün diriliyor ama ben yine öldürüyorum. İnsanlara sağduyusuz nasıl yaşayacaklarını anlatıyorum. Yarısı anlıyor, yarısı anlamıyor; anlamayanlara her gün yeniden anlatıyorum. Geminin hoparlörünü yalnızca ben kullandığım için, huzursuzluk yaratanların sesleri pek duyulmuyor. Savaşalım diyorum. Onaylıyorlar. Savaşın ne olduğunu hâlâ bilmiyorlar. Bilseler de unutuyorlar. Unutturuyorum. Ama asıl önemlisi onları özgürlük istememeye alıştırıyorum. Onları özgürlükten soğutuyorum. Kendinizi kaderin eline bırakın diyorum. Bırakıyorlar."

"Bir amacın var mı peki?"

"Tabii ki var... Herkesin birbirine benzediği bir gemi hayal ediyorum. Herkesin bana benzediği bir gemi. Benim gibi olsunlar. Kötü mü? Ben kendimden çok memnunum. Hoşgörülerini yitirmelerini sağlıyorum. Azarlıyorum, fırça çekiyorum, bağırıp çağırıyorum. Sonra onlara ne kadar hoşgörülü olduğumdan bahsediyorum. Gemi belirsizliğe doğru gidiyor. Belirsizliğin içindeki karanlığı işaret ediyorum, 'işte ışık,' diyorum. Alkışlıyorlar, tezahüratta bulunuyorlar, inanıyorlar. Sonra vicdanı da öldürüyorum. Her gün öldürüyorum. Böylece hızla yozlaşıyorlar. Yozlaşmalarını kolaylaştıran gemi kanunları çıkarıyorum. Bu kanunlara uyduklarını görmek insanı mutlu ediyor. Görmezden geliyorlar, merhamet duygularını yitiriyorlar, dayanışmayı unutuyorlar; mutlu olun diyorum, mutlu oluyorlar. Onlara karşı çıkamayacakları şeyler söylüyorum. Bizi eziyorlar diyorum, biz ezilmeyiz diyorum. Beni haklı ve mağdur buluyorlar..."

"Ruhsuz işlerle uğraşmak, can sıkıcı bir iş olsa gerek..."

"Yoo, hiç de öyle değil... Bazen güverteye çıkıp yarattığım dünyaya bakıyorum. Dev binalar, dev köprüler, dev taşlar... Her şey dev. Bütün bunları gördüğümde haklılığıma bir kez daha inanıyorum. Önemli olan organizasyonun büyüklüğüdür. Organizasyon ne kadar büyükse, devse ve ne ölçüde kontrol altındaysa, yaptığım işten o kadar çok zevk alırım. Şimdi her şeyi ben kontrol ediyorum. Çünkü kimseye güvenmiyorum. Hakka hukuka da güvenmiyorum. Ben bir kahraman olarak bu çağa çok yakıştığımı düşünüyorum. Biz bu çağı kamunun elinden alıp özelleştirdik. Bu çağın ruhu bu yüzden vahşi ve ölümcül bir girişimci güzelliği taşıyor. İnsanlar barış içinde onar onar, yüzer yüzer ölüyorlar. Kimse hakkını arayamıyor. Arayanları düşman ilan ediyorum, ahaliyi bu düşmanlarla korkutuyorum."

"Sen korkmuyor musun peki?"

"Korkmak insanın fıtratında var. Diktatörler de insandır. Ancak başkalarının nefreti onurlu bir kazançtır. Bunu hak etmek için elimden geleni yapıyorum. Gemiye, Narrenschiff'e sonuna kadar sahip çıkıyorum. Nuh'un, gemisine sahip çıktığı gibi... Ama benim gemi Tufan'dan kaçmıyor. Hep birlikte Tufan'a gidiyoruz. Bunu biliyorum. Kimseye söylemiyorum."

12 EYLÜL SONRASINA MI DÖNMEK İSTİYORSUNUZ?

06.02.2015

Bakanlar Kurulu, 29 Ocak'taki toplantısında, Birleşik Metal-İş grevinin ertelenmesine karar vermiş.

Herhalde bir araya gelip toplanmışlardır da karar vermişlerdir diyeceksiniz.

Hayır efendim, toplanmamışlar.

Bahis konusu çalışanların hakları olunca millî menfaat öne çıkmış. Durum aciliyet kazanmış ve Bakanlar Kurulu'nun bir sonraki toplantısı bile beklenmemiş. Usul teferruat haline gelmiş.

Belki de bir telefon yetmiş.

Hırıltılı bir ses, "erteleyin," demiş.

Grev ertelenmiş.

Siyasî geleneğimizde buna benzer usulsüzlükler görülmedik şey değil.

Örneğin 1925'te Şeyh Sait'e karşı ilan edilen sıkıyönetimin, imza eksikliği nedeniyle kanunsuz olduğu söylenir.

Çünkü kararın ilanında, devrin Sağlık Bakanı Mazhar Bey'in imzası eksikmiş. O dönemin yasalarına göre bu kararın, imza eksikliğinden dolayı yok hükmünde sayılması gerekiyormuş.

Ama sayılmamış.

Örneğin 6-7 Eylül olaylarında, İstanbul'da ilan edilen sıkıyönetim kararını yalnızca Celal Bayar ve Adnan Menderes vermişler.

Bir bakanlar kurulu toplantısı yapılmamış. Bakanların olan bitenden sonradan haberleri olmuş ki bu ilanın da yok hükmünde sayılması gerekirmiş.

O da sayılmamış.

12 Eylül darbesini izleyen yıllarda, şu cümleyi sık duyardık:

"12 Eylül öncesine mi dönmek istiyorsun?"

Bu cümle, diktatörlükten nemalanan vahşi liberal siyasetin cebinde sakladığı bir joker kartı gibiydi.

Her işe yarardı, her kapıyı açardı.

Sendikal örgütlenmeyi mi savunuyorsun? Toplu Sözleşme alanının genişlemesini, reel işçi ücretlerinin artmasını mı talep ediyorsun?

Ceplerinden jokeri çıkarırlardı.

"12 Eylül öncesine mi dönmek istiyorsun?"

Diyelim grev yapacaksın; hakkını, ekmeğini savunacaksın.

Yanıt hazırdı:

"Ne yani, 12 Eylül öncesine mi dönmek istiyorsun?"

Grev yasaktı. Grevler millî menfaatlere aykırı bulunur, sonsuza kadar ertelenirdi.

Basın özgürlüğünü savunanlar, toplantı, gösteri ve protesto hakkını savunanlar aynı cümleyle karşılaşırlardı.

"Ne yani..."

YÖK'e karşı mısın, üniversitenin özerkliğinden yana mısın, kamu mallarının talan edilmesine, özelleştirmeye muhalif misin?

"12 Eylül öncesine mi dönmek istiyorsun?"

Siyaset iki büyük partinin çekişmesi üzerine bina edilmişti. Üçüncü partiye yer yoktu.

Niye yoktu?

İki partiden fazlası ekonomik ve siyasî istikrara zarar verirdi! Bu yüzden, cunta yüzde on gibi yüksek bir seçim barajını öngörmüştü. Maazallah bu baraj kaldırılsa ya da yüzde üçe indirilse 12 Eylül öncesine dönerdik.

Günlerden bir gün, Vehbi Koç, Kenan Evren'e bir mektup yazdı. "Şu kıdem tazminatları biz büyük sermaye sahiplerini fena yoruyor; bunları bir fona devretseniz de rahatlasak," deyiverdi.

Kenan Evren'in mektubu okuyunca ne demiş olduğunu bilemiyoruz.

Ancak mektubun Vehbi Koç'un istekleri yönünde bir sonuç vermemiş olmasına dayanarak bazı tahminler yürütebiliriz.

Örneğin Evren şöyle bir tepki göstermiş olabilir:

"Yok devenin nalı..."

Türkiye'nin siyasi iklimi, bugünlerde hızla devenin nalı burcuna giriyor.

Öyle görünüyor ki, kıdem tazminatlarının fonlara devri, Erdoğan başkanlığındaki Davutoğlu hükümetine nasip olacak.

Evren'in darbe kanunlarının baskı çıtasını yükseltmek de aynı hükümete nasip olacak.

İç Güvenlik Paketi, kanunsuz grev ertelemeleri, iş güvenliği denetiminin sıfırlanması...

Bütün bunlar hep nasip.

Gazdan korunmak için ağzını burnunu kapatana dört yıl.

Cebinde sapan taşıyan çocuğa iki yıl.

İdari amirleri savcı ve yargıç konumuna getiren hukuki kovuşturma yetkisi…

Patronlara taşeron güvencesi, çalışanlara üçün biri…

12 Eylül sonrasına mı dönmek istiyordunuz?

Buyrun!

Döndünüz.

YURTSUZ JOHN

13.02.2015

Kral Yurtsuz John, bir zaman makinesine binip sekiz yüzyıl sonrasına gelebilseydi, herhalde Türkiye'de yaşamak, Türkiye'nin kralı olmak isterdi.

Ne güzel!

Sınırsız bir hak, sınırsız bir yetki.

Ama buna rağmen ve hâlâ daha geniş bir sınırsızlık isteyebilirdi.

Feodal beylerin, tüccarların ve rahiplerin önüne koyduğu senedi, Magna Carta'yı imzalamak zorunda da kalmazdı. Tam tersine halkın önüne senedi kendisi koyardı:

"Bütün haklarından vazgeç!" derdi.

O beyleri, o rahipleri çıkar düzenekleriyle kendine bağlardı. Kontratların ve uygulamaların hepsini, haklarını artırmaya, sorumluluklarını azaltmaya yönelik hale getirirdi.

Azla yetinmezdi, hepsini ve her şeyi isterdi.

Yasamada çoğunluk kesmezdi, mutlak çoğunluğa gözünü dikerdi. Çağımızın bütün diktatörleri gibi, kuvvetler ayrılığını ayak bağı ilan ederdi. Yargıyı ele geçirirdi.

Çalmakta, çırpmakta, cinayette, despotlukta istediği kadar ileri gidebilirdi. O kadar ileri gidebilirdi ki geri dönmek için bir manevra alanı bırakmasına bile gerek kalmazdı.

Grev, boykot, protesto yasak!

Bütün bu yasaklar sistemine güzel bir isim de bulurdu: İleri demokrasi...

İçinde bulunduğumuz yıl, Magna Carta Libertatum'un sekiz yüzüncü yılı.

Magna Carta, 1215'te İngiltere Kralı Yurtsuz John'u yetkilerinden vazgeçmeye zorlayan bir sözleşme...

Maksadına tam olarak ulaştığı söylenemez ama palazlanan beylerin ihtiyaçlarını karşılamaya yettiği ve izleyen yüzyıllardaki özgürlük senetlerine ve anayasalara ilham vermiş olduğu bilinir.

Dünya 1215'te de bugünkü kadar karışıktı.

Haçlılar seferlerine kısa bir reklam arası vermiş, sahneyi İngiltere-Fransa çekişmesine bırakmışlardı.

Cengiz Han'ın atlıları Çin kapılarındaydı.

Bir avuç büyük çıkar sahibi egemen, kendi zorbalık ve imparatorluk hayallerini kavimlere ilerleme ve mutluluk diye yutturmaya çalışıyorlardı. Magna Carta Libertatum, işte bu hengâme içinde açıklanmıştı.

1215 yılında, Yurtsuz John'un yetkilerini sınırlıyordu.

Yurtsuz John başımızda olaydı, herhalde pek mutlu olurdu.

Bugüne kadar kaybettiğimiz anayasal haklara bakarak, önümüzdeki dönemde onun hangi hakları tırpanlayacağını kolayca tahmin edebilirdik. Yaptıkları yapacaklarının teminatı sayılırdı. Polise adam öldürme özgürlüğü tanırdı. Grevin, boykotun, hak aramanın, siyasî protestonun yasaklanmasının olağan sayıldığı bir iklim yaratırdı.

Daha çok kâr, daha fazla emek sömürüsü, daha az demokrasi, daha geniş kitlelerin mutsuzluğu...

Bunları yaratırdı.

Zulmüne zulüm katardı, sürgüne filan da gönderilmezdi. Baş tacı edilirdi.

Fakat Yurtsuz John'un devrinden bu yana köprülerin altından çok su aktı.

Zulüm düzenlerinin hiçbiri sonsuza kadar yaşamadı.

Toplumlar, "hiçbir sözleşme ile gelecek nesiller adına vazgeçemeyecekleri ve onları yoksun bırakamayacakları, yaratılıştan birtakım haklara sahip olduklarını" öğrendiler.

Kralların önüne çok sözleşme kondu.

Hepsini imzalamak zorunda kaldılar.

Yurtsuz John başımızda olaydı, bir gün Magna Carta'yı yine imzalardı...

İLİŞMEYİN, KENDİNİ PADİŞAH SANIYOR

27.02.2015

Muhalif gazeteci arkadaşımız Osman Teoslu aradı.

"Gördün mü?" dedi.

"Neyi?" dedim.

"Aday adaylarını…"

O dakkaya kadar görmemiştim. Bahsettiği linki tıklayıp baktım.

Bilgisayar ekranında kadınlı erkekli milletvekili adayları…

Kimi kafasına mehteran kösçüsünün kızıl kavuğunu geçirmiş, ellerini havaya kaldırmış, fil derisi davula vurdu vuracak…

Kimi Kanunî'nin kaftanını sırtına atmış, Edirnekapı'dan çıktı çıkacak, Nemse illerini kırdı kıracak…

Kimini Osmanlı da kesmemiş, Moğollara kadar uzanmış. Cengiz Han'ın anası Uluneke'nin kıyafetine bürünmüş.

Allah için, biri de Uluğ Bey'e, Yunus Emre'ye, Matrakçı Nasuh'a, Fuzuli'ye, Hezarfen'e özenmemiş. Alayının gözü düz siyasette, yüksekte, ikbalde… Hani bize kızıyorlar ya, siz Osmanlı'yı, Türk'ü fetihten ibaret mi sanıyorsunuz diye… Bunlar hakikaten öyle sanıyorlar.

"Birader, bunları fazla seyretme, insanı bozuyor," dedi Teoslu.

"Nasıl bozuyor?" dedim.

"Ben dün hep bunlara baktım, sonra rüyama girdiler."

"Hayırdır inşallah..."

Teoslu, dün gece gördüğü rüyada padişah olmuş.

Kaftanı giymiş, sarığı başına geçirmiş, sarayın içinde eteğini savura savura geziyormuş.

"Aday adayı mıydın yoksa?" dedim.

"Yok yahu," dedi, "sahiden padişahtım..."

"İyi ya," dedim, "bir uykuluk beyliğin keyfini çıkarsaydın bari..."

Meğer öyle değilmiş. Rüyada da olsa padişahlık bayağı zor işmiş.

Mabeyincibaşı, Osman Teoslu'yu sabahın kınalı bülbülleri ötmeden uyandırmış.

"Bre daha uyuyalı iki saat oldu Mabeyincibaşı, niye uyandırırsın?" demiş.

"Devletlûm, bugünkü programınız yüklüdür, şimdiden koştursanız anca yetişirsiniz," diye cevap vermiş beriki.

Teoslu programa şöyle bir göz atınca gözleri fal taşı gibi açılmış. Tam gerçek bir padişah gibi celallenip bağıracakmış ki, rüyadan uyanmaktan korkup vazgeçmiş.

"Kahvaltıyı öğleye bırakırsak, sekiz buçuktaki açılışa yetişebilirsiniz," demiş Mabeyincibaşı.

"Bre bu neyin açılışıdır?"

"Kâğıthane mesiresine umumi helâ yaptırılsın deyu buyurdunuz ya, onun açılışıdır Devletlûm."

"Tamam, bunu geç... Söyleyin, Veziriazam Bey ilgilensin. Eli makas tutmuyor mu onun? Tutuyor."

"Fakat Devletlûm... Kendileri o saat itibarıyla Beykoz Çayırı'nda türbe açacak."

"Ne türbesiymiş bu?"

"Halaskâr Şah'ın türbesi... Hani Mogadişu'dan Lazkiya'ya taşımıştık da yerini beğenmemişti..."

"Kim beğenmemişti; Veziriazam mı beğenmemişti?"

"Hâşâ Devletlûm... Türbenin kendisi beğenmemişti."

"Bre fesleğen midir bu yerini beğenmesin? Tez savulun Çeşme'ye bina edin onu. Helâyı da veziriazam açsın. Başka ne var sırada, de bakalım..."

"Muhtarlarla toplantınız var Devletlûm."

"Bre muhtarlarla niye ben toplanıyorum? Gazi Muhtar Paşa'yla olmasın! Bir yanlışlık olmasın!"

"Bir yanlışlık yoktur Devletlûm. Zat-ı âliniz öyle buyurmuştunuz; muhtarlar bana bağlanacak demiştiniz..."

"Tamam, hatırladım, ihmal etmemek lazım onları. Padişahlık da bir çeşit muhtarlık değil midir? Hem onlara nikâh kıyma yetkisi de verelim... Şey de verebiliyor muyuz? Neydi o?"

"Ne neydi Devletlûm?"

"Hani mahkeme ceza kesiyor ya... Sonra şeye gidiyorlar..."

"Temyize..."

"Hah, temyiz... Temyiz yetkisi verelim mi bunlara?"

"Kimlere?"

"Muhtarlara..."

"..."

"Niye sustun bre?"

"Anlamadım Devletlûm. Yani, temyize gitme yetkisi mi vermek istiyorsunuz, yoksa temyiz mercii mi olacaklar?"

"Vermeyelim diyorsun yani..."

"Devletlûm, vallahi siz bilirsiniz de... O yetkileri sünnetçilere verdiydik zaten; yakışık alır mı? Yetki karmaşası olur."

"Haa... O zaman vermeyelim... Sonra ne var sırada?"

"Yeşilay kolları var..."

"Kolları derken? Yeşilay merkez-i umumî heyeti değil mi yani?"

"Mahalle mekteplerinin Yeşilay kolları, Devletlûm. Geçen sabah bahsi geçmişti, şahsınıza bağlansın buyurmuştunuz."

"Âlâ... Buyurmuşsam bir bildiğim vardır."

"Sonra Galata meyhanecileriyle tövbe merasimi var Devletlûm."

"Âlâ..."

"Sonra Duşakabinoğullarıyla sabun ticareti akdi imzalayacaksınız..."

"Âlâ..."

"Sonra Ekrat-ı âyanla sulh müzakereleri var..."

"A... Yine mi? Her gün sulh müzakere edilir mi, Mabeyincibaşı?"

"Ama etmiyoruz ki Devletlûm... On yıldır ediyormuş gibi yapıyoruz."

Kan ter içinde uyanmış Teoslu.

"Lala, lala, bu gördüğüm çeşm-i cihan mı ola," diye bağırıyormuş ki, hane halkı kendisini zor bela yatıştırmış. Evin kedileri, köpekleri, vaveyla ile dört bir yana kaçışmış.

Dünden beri kendi aralarında söyleniyorlarmış:

"İlişmeyelim, kendini padişah sanıyor."

LAZIM

06.03.2015

Artık bize yeni tür fikir adamları lazım.

Muktedirin söylediklerini yineleyecek, anlaşılır olanlarını anlaşılmaz, anlaşılmaz olanlarını daha da anlaşılmaz hale getirecek kıdemli kıdemsiz papağanlar lazım.

Eldekiler yakın zamanda maksada hizmet edemez hale gelebilirler.

Defalarca gördük. Hâlâ görmekteyiz.

En sadık hizmetçiler çöp torbası gibi kapı önüne konacaklar.

Artık bize yeni teorisyenler lazım.

Yeni Türkiye'yi başka türlü açıklayamayız.

Sınıflar öldü, tarih öldü, eski çamlar bardak oldu, eski çevre merkez oldu diyenler, önümüzdeki yıllarda pek işe yaramayacaklar.

Demokrasi öldü, özgürlük öldü, hak öldü diyenler kıymet ve itibar kazanacak.

Artık bize yeni dinî önderler lazım.

Mevlana'yla, hatta Gazali'yle bile, nereye kadar...

Öyle, oturup Şeyhülislam Yahya gibi şiir yazmakla olmuyor bu işler.

Tamam, şiiri seviyoruz.

Ama şiirin siyaseten ve sarahaten işe yarayanını seviyoruz.

Şeyhülislam dediğin şunu yap der, bunu yapma der. Ahali de meşrebine göre yap dediğini yapar, yapma dediğini yapmaz.

Artık bize zerzevat arabasına koşulmuş sütçü beygirleri lazım.

Bize yeni kanaat önderleri lazım.

Saidi Nursi'nin, Necip Fazıl'ın bile devirleri geçti.

Yeni neslin onları anlamaları için Osmanlıca öğrenmeleri lazım.

Fakat öğrenirlerse Fethullah Hoca'yı da anlarlar diye...

Şu Osmanlıca işinin üstünde fazla durmamak lazım.

Bize şimdi, arada bir, hatta sık sık postmodern dünya, ulus devlet, demokrasi mekaniği gibi laflar edecek kanaat önderleri lazım.

Bize yeni gazeteciler lazım.

Çantayla para taşıyanların, bavulla belge taşıyanların, iktiza ederse hükümeti sırtlarında taşıyanların kifayetsiz oldukları anlaşıldı.

Şimdi bunların daha da azimlileri lazım.

Bize modern köleler lazım.

Ama köle olduklarını hissetmemeleri lazım.

Teorisyenlerin, dinî önderlerin, kanaat önderlerinin, yeni ekonomistlerin, yeni tür gazetecilerin, yeni tür fikir adamlarının onlara köle olmadıklarını anlatmaları lazım.

Yeni bir üniversite lazım. Yeni akademisyenler lazım.

Yeni bir burjuvazi lazım. Eski bir takım solcuların deyimiyle millî ya da ulusal burjuvazi...

O eski bir takım solcuların, kendilerini nasıl şaşırttığımızı görmeleri lazım.

Bize yeni ittifaklar lazım. Yetmez ama evet diyenlerin pabucunu dama atmak lazım. Hayır ama evet diyecek kadar ziyadesiyle demokrat adamlar ve kadınlar lazım.

Bize yeni ekonomistler lazım.

Artı değer öldü, yaşasın katma değer diye cayırtı koparmaları lazım.

Bize yeni anayasa profesörleri lazım.

Başkanlık sistemine geçtiğimizde onlar bize çok lazım.

Niye lazım?

"Başkanlık sistemi, bir yönüyle de yerel yönetimlerin daha da güçlendiği, daha etkin hale geldiği bir sistem…

"Bu sistemde başkanlığın merkezi gücü bir yandan Meclis'le, diğer yandan yerel yönetimlerin sahadaki gücüyle dengelenir…

"Dolayısıyla bu sisteme geçildiğinde, valilerimizin farklı bir konuma gelmeleri, daha geniş yetkilere sahip olmaları, ayrıca mümkün olabilecektir…"

Bize öyle anayasa profesörleri lazım ki, valilerle belediye başkanlarının yetki, görev ve sorumluluklarını karıştırabilecek yetenekte ve liyakatte olmaları lazım.

Valileri belediye başkanı sanıyor olmaları lazım.

Orhan Aldıkaçtı kimmiş?

Anayasayı bunlara yaptırmak lazım.

Bütün bu lazımları yapmak için…

Daha çok gaz fişeği lazım, daha çok toma lazım…

SEÇİM SATH-I MAİLİNDE SİYASİ AKRABALIKLAR 1

13.03.2015

Hoşgörü, eleştiriye açık olma, uzlaşma, farklı düşüncelere hiç olmazsa tahammül gösterme...

Bütün bunların, yaklaşık yüz yıllık Cumhuriyet'in değerler sisteminde elle tutulur bir yer bulamamış olması, bugünün ilkesiz, kalibresiz, özgürleşme ruhundan yoksun, hotzotçu siyasî figürlerini yarattı.

1925'te, Şeyh Sait davasının görüldüğü Takrir-i Sükûn devrinde ilk kapatılan dergilerden biri, mizah dergisi *Kahkaha*'ydı.

Geçenlerde ileri demokrasinin kahramanlarından biri çıkıp kadınların kahkaha atmasını garipsediğini söyleyince bu dergi aklıma gelmişti.

Siyasî akrabalık denen şey, böyle bir şey olsa gerek diye düşünmüştüm.

Fakat en zor koşullarda bile ayakta kalan şey mizah oldu.

İktidara hiç gelmedi ama iktidarı hep rahatsız etti.

1925'te Şark İstiklâl Mahkemesi'nde yargılanan Ahmet Emin Yalman, birlikte yargılandığı gazetecilere en ağır gelen şeyin mahkeme başkanı Mazhar Müfit'in uydurma çapkınlık öykülerini dinleme mecburiyeti olduğunu söylediğinde, o başkanın da, o mahkemenin de karizması çoktan çizilmişti.

Sonuçta, geriye o çizilen karizma kaldı. Bir de her devrin, bir karizmaya, bir hikmete sahip olmayan zorbaları ve emir kulları.

Siyasî akrabalık denen şey, gerçekten böyle bir şey olsa gerek...

Belki her şey, Hüseyin Cahit Yalçın'ın Ankara İstiklâl Mahkemesi'nde şunları dediği gün bitmişti:

"Böyle bir mahkemede mahkûm olmayı, böyle bir mahkemenin hâkimi olmaya yeğlerim."

Ya da her şey o gün başlamıştı.

Çatal dil, ironi, hiçbir zekâ pırıltısı taşımayan emir kulu devlet memurlarının karşısında heybet göstermişti.

Hüseyin Cahit, bu davada Çorum'da nefy-i ebedî cezasına çarptırıldı.

Yani ölene kadar sürgüne...

Acımasızların, hoşgörüsüzlerin, çomak sokulacak çıkarı olanların siyasî akrabalığı işte böyle bir şey.

Bu sirk gösterisi, Terakkiperver Cumhuriyet Fırkası'nı kapatmak, Cumhuriyet'in ilk çok partili deneyimine son vermek içindi.

Eleştiriyi, karşısındakini dinlemeyi, farklı düşünceleri, farklı yaşam biçimlerini sindirmek içindi.

Komünistlerin, solcuların, efkâr-ı iştirakiyunun hakkından zaten gelinmişti.

Sıra, onların defteri dürülürken susan Terakkiperverlerdeydi.

Hükümet erkânından Ali Fuat Cebesoy, 29 Ekim 1925'te Hakimiyet-i Milliye gazetesinde, gaza gelmiş, şöyle yazıyordu:

"Yakın bir mazide büyük bir buhran geçiren İtalya'nın, bugün takip ettiği idarî prensiplerine değil, ekseriya yeni vaziyetlerin icabatına uymayan malûm ve muayyen ve müdevven prensiplere kalsaydı, müthiş bir anarşi içinde boğulacağını en müfrit nazariyatçılar bile kabul ediyorlar..."

Mealen, İtalya Musolini'nin faşist ilkelerine değil de, özgür bir meclisin yasama ilkelerine, yani müdevvenata bağlanmış olaydı, kaosa sürüklenirdi diyordu.

Bunu bir yerlerden hatırlayacağız...

Ne demişti bir bakan?

"Sen kanunsuz olarak tutukla, biz kanunu yetiştiririz."

Velhasıl bu sirk gösterisi bugün de devam ediyor.

Akrabalık böyle bir şey.

Yeni gelenlerin eskilerden pek bir farkı yok.

Onlar da her yaptıklarının doğru olduğuna inanmamızı bekliyorlar.

Eskiler, "şapka takacaksın," diyordu.

Bunlar, "mini etek giymeyeceksin, kahkaha atmayacaksın, içki zinhar," diyor.

Eskiler hiç olmazsa diplomasi biliyorlardı.

Bunlar onu da bilmiyor...

Akrabalarınızı seçemezsiniz.

Meşrutiyetin dört sadrazamı, Hüseyin Hilmi, Sait, Kamil ve Tevfik Paşalar, Abdülhamit'in nazırları ve başnazırlarıydı.

Halk Fırkası, İttihat ve Terakki'den devşirildi.

Demokrat Parti, Halk Partisi'nden.

Özal dediğiniz tombul adam, 12 Eylül faşizminden devşirildi.

AKP bütün bu toplamın bağrından.

Siyasî akrabalık böyle bir şey...

SİYASİ AKRABALIKLAR 2

20.03.2015

Efkan Ala'nın Anayasa'ya gösterdiği hiddeti anlamak lazım.

Kendisi bizleri isyana çağırıyor.

Bu anayasa milletin haklarını gasp etti, uyanın, diyor.

Anayasaya bağlılık yemini etmemiş olsa da, kantarın topuzunu biraz kaçırmış görünüyor.

Kendimi bildim bileli, Türkiye'yi yönetenlerin en büyük sorunu anayasalardır.

Bu yalnızca bizim kuşağın hayatıyla sınırlı bir şey de değil.

Babamızın zamanında da, dedemizin zamanında da Türkiye'yi yönetenlerin en büyük sorunu anayasalardı.

İkinci Abdülhamit, Kanun-i Esasi'ye iki yıl bile tahammül edememişti.

Haklıydı...

Kanun-i Esasi adamın elini kolunu bağlıyordu. Memleketi babasından, dedesinden gördüğü gibi, olağanüstü koşullarda, olağanüstü yetkilerle yönetmeye alışmıştı.

Genç Cumhuriyet'in yöneticileri de bu alışkanlığı sürdürmekte bir beis görmediler. Cumhuriyetin kurucusu olmanın, savaştan çıkmanın, ekonomik bunalımın zorluklarını, olağanüstü koşullarda yönetmenin, olağanüstü koşullar yoksa da yaratmanın rahatlıklarıyla dengelediler. Yaptıkları yasaların anayasayla uyumunu denetleyecek bir yargı mekanizması olmadığı için de işleri kolaylaştı.

Anayasalara tahammül etmek zordur.

Çünkü anayasalarla yönetmek zordur.

Demirel'e bol gelen şey, Efkan Ala'ya ve Reisicumhur'a dar geliyor. İfade biçimlerinin farklı olması, aslında aynı şeyi söylüyor olmalarının üstünü kapatmıyor.

Demirel, anayasayı değiştirecek çoğunluğum yok deyip yakınıyordu. Bunlar biraz daha ileri gidiyorlar; çoğunluğu verin, yoksa kötü olur diyorlar.

Demirel, o küçük kitabı cebinde taşımaya başlamadan önce, kırk yıl üstünde tepindi. Şimdi de bir şey değişmedi. Çünkü değişen hükümleriyle birlikte 12 Eylül Anayasası bile bir diktatörlüğe izin vermiyor. Ayak bağı oluyor.

Bizde anayasa hükümlerine muhalif yasalar yapmak adettendir.

Bulursun çoğunluğu, yaparsın. Bulamazsan önce darbe yaparsın, sonra çoğunluğu bulursun. Onu da bulamazsan, hem çoğunluğu bulur, hem darbe yaparsın. Demokrasilerde çare tükenmez.

Bizde ahde vefa yoktur, bizde akitler bağlayıcı değildir.

1980'e kadar Demirel'in yapmak isteyip de beceremediğini 12 Eylülcüler yaptı. Önce yasaları değiştirdiler, sonra da bu yasalara uygun kaptıkaçtı bir anayasa tesis ettiler.

Korkut Özal, AKP iktidarının ilk yıllarında çok heyecanlanmıştı.

70'li yılların başında kuşa çevrilen '60 Anayasası'nı bile beğenmiyor, '24 Anayasası'na geri dönelim diye akıl saçmak için televizyon kanallarını dolaşıyordu.

Peki, ne istiyordu?

Doğrudan '24 Anayasası'nı istiyordu.

Tek parti istiyordu, tek şef istiyordu.

Yani kolay ve sorunsuz yönetmek istiyordu.

Bugünleri öngörüyordu...

Memleketi yönetenler özgürlük kelimesinden hep nefret ettiler.

Parti liderleri, başbakanlar, istisnalar dışında, anayasalara, kendilerini bağlayan sözleşmelere, imza attıkları uluslararası anlaşmalara hep düşmanlık gösterdiler.

Özgürlüğü içlerine sindiremediler.

Devleti şirket, kendilerini patron, halkı da kapıkulu sandılar.

12 Eylül'ün yönetme kolaylıklarından fazlasıyla faydalanan Turgut Özal böyle sandı.

Bazı tarihçilerin adını Teşkilat-ı Mahsusa'yla, azınlık düşmanlığıyla birlikte andıkları Emin Sazak da böyle sandı.

"Ben bütçe görüşmelerini, bir anonim şirketin yıllık bilançosu gibi görürüm," diyerek, daha 1945 yılında, bugünkü haleflerinin yolunu açtı.

Türkiye'de anayasal sistem bilincinin yarılması, hukukun bir toplumsal şizofreni alanı haline gelmiş olması, yeni bir hikâye değil.

Kalıtsal ve eski.

Akrabalıklara bağlı.

Ancak şimdi, yönetenlerin paranoyası ve depresyonuyla ağırlaşan bu yarılma bütün eski göstergelerden daha şiddetli ve daha geri dönülmez klinik sonuçlara işaret ediyor.

Yasallığın intihara bu denli yaklaşmış olması korkutucu...

SİYASİ AKRABALIKLAR 3

27.03.2015

"Şu noktayı da belirtmeliyiz ki, sosyal bünyede derin rahatsızlıklar belirdiğinden, bunun giderilmesi yolu, bir süre için özgürlük tanrısının üstüne bir şal örtmek ve yukarıdan aşağıya bir otorite kurmaktır."

12 Mart sonrasında darbecilerin başbakanlığını da yapan CHP'li Nihat Erim, 1946 seçimleri öncesi, Demokrat Parti'ye gözdağı vermek için bunları yazmıştı.

Bunları yazdığı için adı şalcı'ya çıkmıştı.

O zamanların millî şeflik düzeni ancak bu kadarına el veriyordu.

İktidar, torba yasa, ileri demokrasi gibi dalaverelerden habersizdi.

Kıvırtmadan, doğrudan söylüyordu.

"Özgürlüklere şal örteceğiz..."

Bugünse demokrasinin üstüne şal atmak filan değil, resmen beton dökülüyor.

Savcılar adalet bakanından habersiz iş göremiyor.

Muhalefet, en yetkili ve hiç kapanmayan ağızlardan ülke düşmanı, darbeci ve hain ilan ediliyor.

Tıpkı İnönü'nün millî şefliği döneminde, CHP Balıkesir Milletvekili Hacim Muhittin Çarıklı'nın Demokrat Parti'yi darbeci ilan etmesi gibi...

Demokrat Parti için ne diyordu Çarıklı?

"Karşımızdaki bir muhalefet hareketi değil, bir ihtilal hareketidir…"

Bu tür sözlerin masum, safiyane ve memleket sevgisiyle dolu olmadığını bize zaman öğretti.

1946 seçimlerine bir gün kala, Aydın'ın bir köyünde Demokrat Partili bir ocak başkanı katledildi. Aynı gün, Adnan Menderes'in çiftliğinin kâhyası öldürüldü.

Demem şu ki birilerini hainlikle suçlarken, o suçlama ağzından çıkmadan önce bin kere düşüneceksin. Affedersin Ermeni derken, birilerini, o Ermeni'yi af etmeyecek kadar doldurduğunun bilincinde olacaksın.

Peki, yöneticilerimizin özgürlük ve demokrasi anlayışları millî şefimizin döneminde tabana vurmuştu da sonradan pek mi normalleşti?

Adnan Menderes, muhalif parti liderlerini hapis cezasıyla az mı korkutmaya çalıştı?

CKMP Genel Başkanı Osman Bölükbaşı'nı cezaevine ben mi yolladım? İsmet İnönü mü yolladı?

27 Nisan 1960'ta, Tahkikat Komisyonu kararıyla her türlü siyasi toplantıyı özgürlük düşmanı komünistler mi yasakladı? Meclis görüşmelerinin *Resmi Gazete* dışındaki yayın organlarınca yayınlanmasını zamanın paralel devleti mi yasakladı?

27 Mayıs darbesinden sonra, "Ülke yönetimine el koyduğunuza sevindiğimi içtenlikle söylemek isterim," diyen Ahmet Şık mıydı?

Bu sözleri aktaran, sonradan Adalet Partisi milletvekilliği de yapmış Tekin Erer değil miydi?

Bu sözleri söyleyen ve bütün bunları yapan Adnan Menderes değil miydi?

* * *

Zaman öğreticidir.

Bazen öğretirken insanda pişmanlık duygusu uyandırır.

Saygın demokratlarımızdan Celal Bayar'ın da keşkeleri yok mudur?

Vardır.

Zat-ı muhterem dahi, Menderes'in yerine General Erdelhun'u başbakan yapmadığına pişman olduğunu söylemişti.

Fakat tıyneti, bunu ancak 12 Eylül darbesinden sonra söyleyebilmesine elvermiştir.

Bir gün, keşke Davutoğlu'nu başbakan yapmasaydım diyecek biri de çıkacaktır.

O günler yakındır.

Yanlış anlaşılmasın; bunu söylemesi için artık bir darbeye ihtiyaç yoktur.

"Herkes özgür olmadıkça kimse özgür değildir" özdeyişi, partimizin temel ilkelerindendir...

"Toplumları ve devletleri tahrip eden yozlaşma, yolsuzluk, usulsüzlük, çıkarcılık, iltimas, hukuk önünde ve fırsat açısından eşitsizlik, ırkçılık, partizanlık, despotluk gibi olumsuzluklar partimizin en yoğun mücadele alanlarıdır..."

Bu laflar bir sosyalist partinin programından alınmadı; AKP'nin programından alındı.

Programı yazanların, ağızlarından çıkanı kulaklarının duyup duymadığını bilmiyoruz.

Söylediklerine inanıp inanmadıklarını da bilmiyoruz.

Hatta AKP kadrolarının, bırakın kadroları milletvekillerinin, bakanların bu programın giriş bölümünü okuyup okumadıklarını, okudularsa da anlayıp anlamadıklarını bile bilmiyoruz.

Sadece şunu biliyoruz.

Zaman denen öğretmen, bize anlamadıklarını, inanmadıklarını, bilmediklerini gösterdi.

Anlamış ve inanmış gibi yaptıklarını gösterdi...

Sıradan insanları kötü insanlar haline getiren şey kinleri, nefretleri, doğuştan gelen kötü hasletleri filan değildir.

İnsanları kötü yapan şey maddi çıkarlarıdır.

Geçmişin hotzotçu siyaset erbabını bugünkülerle akraba kılan şey budur.

ASLINDA PEK DE ŞANSSIZ SAYILMAYIZ

03.04.2015

Özgürlük mücadelelerinin hikmetine yüzyıllar önce değil de günümüzde vâkıf olunsaydı halimiz nice olurdu?

Birçok neslin hayatı güme giderdi. Sigorta, sendika filan bilmezdik. Bugünün Türkiyesini yöneten kibir ehli de bu kadar zor durumda kalmazdı.

Kadınlar, onların istedikleri gibi evlere hapsolurlar, hayata kafes arkalarından, kapı aralarından bakarlardı. Rosa Luxemburg'un, Clara Zetkin'in adlarını öğrenemezdik.

Ne Avrupa'nın ve Doğu'nun Tolstoy'undan haberimiz olurdu, ne de bizim Yaşar Kemal'den...

Kürtlere hâlâ kart kurt eden Türkler derdik.

Bilemedin, "Kürt meselesi yoktur," diye gerim gerim gerinirdik. Gıkını çıkaranın ümüğüne çökerdik.

Kesinlikle şanssız sayılmayız.

Güzel bir dünyada yaşıyoruz.

Ya Ortaçağ bin yıl sürmüş olsaydı da, Yeni Türkiye'nin inşaatçı dinamikleri sayesinde yeni yeni yıkılmaya başlasaydı?

Mesela matbaayı Gutenberg değil de Abdülkadir Selvi icat etseydi! İlk büyük romanı Cervantes değil de İskender Pala yazmış olsaydı?

Deniz Gezmiş'imiz olmasaydı, Mahçupyan'a fit olsaydık.

Basın-yayın okuyan gençler gazeteciliği Akif Beki'den öğrenselerdi.

Belâgat ustası diye Cicero'yu değil de Bülent Arınç'ı bilseydik.

Kopernik'i unutmuş, yerine Medyum Memiş'i koymuş olsaydık.

Modern müziğin yaratıcısı Uğur Işılak ya da Nihat Doğan olsaydı.

En büyük mimarımız Fakir-ül Hakir olmasaydı. Ali Ağaoğlu olsaydı.

Siyaset sosyolojisini Nibenka'dan, yemek pişirmeyi Oktay Usta'dan öğrenseydik.

Halimiz nice olurdu?

Vallahi şanslı sayılırız.

Düşünün! Kapital'i Marx değil de Yiğit Bulut yazmış olabilirdi. Ekonomiyi artık ondan öğrenirdik.

Sayı saymayı ve sosyal dayanışmayı Bilal Erdoğan'dan, vefayı Numan Kurtulmuş'tan, On Emri Davutoğlu'ndan, vahdet-i vücudu Egemen Bağış'tan, felsefeyi Cemil Çiçekten...

Klasik Türk Müziğini Mehmet Barlas'la Oğuz Haksever'den, sportmenliği Emre Belezoğlu'ndan, muhabbeti Vali Mutlu'dan, şehirciliği Gökçek'ten...

Şiiri Turgut Uyar'dan değil de Recep Tayyip Erdoğan'dan...

Demokrasiyi torba yasalardan, seçim barajından, kendini yargıç sanan, dahası yargıç tayin edilen mülkî âmirlerden; el kaldırıp indirenlerden, niye el kaldırıldığını yanındakine soranlardan...

Bu dünya vallahi güzel. Bizler de pek şanslıyız.

Sadakati Romeo ve Juliet'ten mi okuduk?

Yanlış okuduk. Zaten öyle bir oyun henüz yazılmadı ki... Shakespeare hiç yaşamadı.

Sadakati asıl Karaalioğlu'ndan okuyacaksınız. O da kesmezse Ali Bayramoğlu'ndan, olmadı havuz patronlarının tamimlerinden.

Vicdanı İsmet Berkan'dan okuyacaksınız.

Empatiyi kadın cinayetlerinde indirim uygulayan yargıçların gerekçeli kararlarından.

Saygıyı Berkin'in anasını yuhalayan, sağduyusu elinden alınmış yığınların çığlıklarından.

Gülmeyi Bergson'dan değil de, "kadınlar kahkaha atmamalı," diyenden.

Susmayı Abdullah Gül'den.

Ve bazı şeyleri, özellikle de korkuyu gözlerden.

Güzel bir çağda yaşıyoruz.

En azından, hayvanat bahçesinden Tübitak'ın başına gelen adamın atom bombası yapamayacağı kesin...

Güzel bir çağda yaşıyoruz.

Doğu Karadeniz insanı HES'lere karşı savaşıyor.

Güzel bir çağda yaşıyoruz.

Şiir gibi bir Gezi'miz var.

Güzel bir çağda yaşıyoruz.

Zulme boyun eğmeyi aklından bile geçirmeyen Kürtler ve Türkler var.

Onların kardeşliği var.

Elhâk, bizden öncekiler gibi güzel bir çağda yaşıyoruz. Şanslıyız.

Bin yıldır olduğu gibi...

Mücadele eden hakkını alıyor.

Boyun eğen çocuklarına zulmü miras bırakıyor.

SEÇİM ÇALIŞMALARI

17.04.2015

Seçimleri konuşmak için yandaş gazeteci dostumuz Sadık Bey'i aradım.

"Sen iyi bilirsin," dedim. "Seçim süreçleri eskiden de bu kadar gergin olur muydu?"

"Olurdu," dedi. "1977 seçimlerinde Bülent Ecevit'e İzmir'de suikast düzenlendiğini hatırlamıyor musun? CHP'li Mehmet İsvan saldırıda yaralanmış, Ecevit'e bir şey olmamıştı. Kontrgerilla lafını da bu olaydan sonra diline dolamıştı."

"Failler yakalanmış mıydı?"

"Yakalanmamıştı. Soruşturmadan da bir şey çıkmamıştı galiba. Ama iş bununla da kalmamıştı. Birkaç gün sonra Başbakan Demirel, Ecevit'e İstanbul mitingini iptal etmesini önermiş, 'provokasyon olacak, sana dürbünlü tüfekle ateş edecekler,' demişti."

"Olay soruşturulmuş muydu peki?"

"Herhalde gerek görülmemişti. Hem bunlar Türkiye için o zaman da olağan şeylerdi. Malûm, seçime gidiliyor… Memleket biraz geriliyor tabii…"

"Şimdi sen söyle bakalım; AKP'nin seçim çalışmalarını nasıl buluyorsun?" diye sordu Sadık Bey.

"Hangi seçim çalışmalarını kastediyorsun?" dedim. "Elektrik kesintisini mi, Ağrı olayını mı, Fenerbahçe otobüsünün kurşunlanmasını mı?"

"Aşkolsun, ne alâkası var? Bunlar sıradan talihsizlikler, adli vakalar... Bir kere o kurşun değildi, saçmaydı. Fakat tabii, olayları açıklamakta zorlandık. Hani, partide ve hükümette çok başlılık varmış gibi göründü biraz..."

"Biraz?"

"Bir de çok üstümüze geliniyor. Bizim reisin partili cumhurbaşkanı gibi davranmasını hazmedemiyorlar. Halbuki bunlar siyasi hayatımızda görülmemiş şeyler değildir. Mesela İsmet İnönü... 1950 seçimlerinde cumhurbaşkanı sıfatıyla Malatya'da konuşurken Demokrat Parti'ye veryansın etmemiş miydi?"

"Etmişti... Etmişti ama Demokrat Partililer ne yapmıştı?"

"Ne yapmıştı?"

"Böyle cumhurbaşkanı olmaz olsun demişlerdi; İnönü'nün, tarafsızlık ilkesini ihlâl ettiğini söylemişlerdi. Hem siz günde beş vakit Demokrat Parti geleneğinden geldiğinizi söylemiyor musunuz? Ben mi yanılıyorum? Millî Şeflik geleneğinden mi geliyorsunuz yoksa?"

"Evet, bu konu biraz karışık... İşimize geldiğinde öyle, işimize gelmediğinde böyle gibi görünmemize yol açabilir."

"Bunları boş ver de, sen Hasan Celal Abi'nin marşını dinledin mi, onu söyle," dedi Sadık Bey.

"Dinledim," dedim.

"Bu işten anlarsın diye soruyorum; güzel olmuş değil mi?"

"Cillop olmuş. Hele o kös çalan var ya, kös çalan... O kadar gayretli ki, o kadar olur. Adam tokmağı Başbakan kös dinlesin, başka bir şey dinlemesin diye indiriyordu sanki."

"Bence yüzyılın marşı. Hatta mehter marşından sonra yazılmış en iyi marş."

"Fakat Hasan Celal'in kafası biraz karışık galiba..."

"Nasıl yani?"

"Yani benzetmeler filan uygunsuz gibi geldi bana. Hele şu kızıl elma lafı... Marşı MHP alıp kullanırsa hiç şaşırmam."

"Evet, oraya ben de takıldım. Yani ümmetçi miyiz, Türkçü müyüz pek belli olmuyor."

"Dikkat etmek lâzım. Seçmende 'bunlar her kalıba girer' izlenimi uyandırmamak lâzım. Yoksa bütün kafalar karışır."

"Yok canım, niye karışsın? Bunlar sıradan seçim çalışmaları... Reis 400 istiyor ya... Seçmenin millî gururunu okşamak lâzım."

"O işte indirime gidilmedi mi? Ben 350'ye bağlandı diye biliyorum."

"Bağlandı, bağlandı... Biraz indirime gidildi tabii..."

"7 Haziran'a kadar herhalde daha pek çok yaratıcı seçim çalışması göreceğiz," dedim.

Sadık Bey güldü.

"E, bizimkiler yaratıcıdır," dedi.

"Sence elektrikler kaç kere kesilir? Fuat Avni dört diyor."

"Bunlar teknik konular. Enerji Bakanı'nın bilemediğini ben nereden bileyim? Domino etkisi varmış dediyse domino etkisi vardır."

"Peki, Demirtaş'ın güvenlik endişesini nasıl değerlendiriyorsun?"

"Muhalefetin kalbine güvenlik korkusu salmak da önemli bir seçim çalışmasıdır. İç Güvenlik Paketi de önemli bir seçim çalışmasıdır. Gerekirse seçim mitinglerini yasaklarsın olur biter; bu da bir seçim çalışmasıdır. İnterneti de toptan kestin mi, işlem tamamdır. Mesela Suudilerle Suriye'ye girmek de güzel bir seçim çalışması..."

"Anketlere ne diyorsun peki?"

"Şimdilik bir şey demiyorum. Bizimkiler etraflıca düşünüyorlardır. Gerekirse seçimi yaptırmamak üstüne kurulmuş bir seçim çalışmasına da gidilebilir..."

"Caizdir diyorsun..."

"Caizdir diyorum..."

SOYKIRIM

24.04.2015

Soykırım yok, değil mi?

Soykırım yok!

Bakanlarımız, başbakanlarımız on yıllardır, neredeyse Batının da saygı duymaya başladığını zannettikleri derin bir yalnızlığın gururuyla açıklıyorlar:

"Soykırım yok! Bizde soykırım olmaz!"

Peki, bizde ne olur?

Mukatele olur, tehcir olur.

Bizde, Osmanlı toprağının savunulmasının bir gereği olarak iç düşmanların temizlenmesi zorunluluğu var.

Soykırım yok…

Çünkü bizde devlet o kadar büyük suç işlemez. Yöneticilerimiz, geçmişte ve bugün, utanç ve pişmanlık duyacakları, açıkça özür dilemelerini gerektiren herhangi bir olaya sebebiyet vermemişler, hatta karışmamışlardır.

Karıştılarsa da, vatanı korumak için karışmışlardır.

Yüz binlerce Ermeniyi yollara sürmek, Kürt köylülerine dışkı yedirmek, katır katliamı düzenlemek… Bütün bunlar vatan için yapılmıştır. Hrant Dink millî hislerle öldürülmüştür.

Bu yüzden, Avrupa İnsan Hakları Mahkemesi'nin başlıca kuruluş ilkesi olan, bireyi ve azınlıkları devletlere karşı korumak ilkesi bir an önce değiştirilmeli, devletler bireylere ve azınlıklara karşı korunmalıdır.

Yalnızca Recep Tayyip Erdoğan'ın ve Kenan Evren'in bu konudaki beyanatları bile, zavallı batı hukukunun içine düştüğü çaresizliği müteaddit kereler gözler önüne sermiştir.

AKP hükümetlerinin Avrupa İnsan Hakları Mahkemelerinde dava konusu olan anlaşmazlıklardaki resmî savunmalarına göz atanlar, onların çaresizliğini ve devletimizin gücünü göreceklerdir.

Hatta iki gün önce, Cem evlerinin elektrik paralarıyla ilgili olarak aynı mahkemenin temyiz merciine sundukları savunma dilekçesini okuyanların gözleri, bu gücün ışığıyla kamaşacaktır.

Ne diyor Bülent Arınç:

"Bilerek öldürmedik..."

Bu sözlerin uluslararası bir mahkemede savunma yapmak amacıyla söylendiğini düşünün!

"Bilerek öldürmedik..."

Adama "siz kimsiniz?" diye sormazlar mı?

İttihat ve Terakki üyesi misiniz? Doktor Nazım'ın dava arkadaşı mısınız, Talat Paşa mısınız, Bahattin Şakir misiniz? Onların devamı mısınız?

Siz İttihat ve Terakki'ye, Üç Paşalar'a yüz yıldır şiddetle muhalefet eden bir geleneğin temsilcisi değil misiniz?

Ne ara düşmanlarınızın saflarına geçtiniz?

Bilmeden öldürülen Ermeni sayısını azaltmak konusunda bilim adamlarımızın, tarihçilerimizin gösterdiği gayreti anlamak da mümkün değil.

Kimi üç yüz bin diyor, kimi beş yüz bin...

Halbuki Birleşmiş Milletler'in soykırım senedi, yok edilenlerin, harcananların sayısına bakmıyor; tam olarak sizin yok etme niyetinize bakıyor. Bilmeden oldu gibi savunmaları da pek kaale almıyor.

Son yüz yılda Ermeni nüfusunun niye ve nasıl azaldığını açıklayan göstergelere değer veriyor.

Biz haksızlık ettiklerimizden özür dilemeyi aşağılayıcı buluruz.

Diyanet İşleri'nin başkanı açıklıyor:

"Papa'nın soykırım beyanatı, Hıristiyanlık ahlakına bile uymuyor," diyor.

Aynı papalığın Haçlı Seferleri için özür dilediğini unutmuş görünüyor.

Ve belki şöyle demek gerekiyor:

"Siz de Hıristiyan dünyanın unutabileceği, unutmak isteyeceği ve sizin gibi görmezden geleceği bir özür beyan edin…"

Başkalarını, ötekini, kadınları, içki içenleri, eşcinselleri aşağılamayı meziyet bilenlerin ortak bir acıdan bahsediyor olmaları bana tuhaf geliyor.

Hrant Dink'i valilikte sigaya çekenlerin, katillerini savunanların, katillerle fotoğraf çektirenlerin, katillerin cinayeti millî hislerle işlediğini söyleyenleri yargılamayanların, dahası bir kısmını ödüllendirenlerin…

Ortak olabilecekleri herhangi bir acı var mıdır?

Soykırım demek için size kaç Ermeni ölüsü yeter bilmiyorum.

Kaç ölü utanç duymamızı sağlar?

Sekiz yüz bin mi?

Üç yüz bin mi?

Korunan bu kadar katil ve azmettirici varken…

Bize Hrant Dink yetiyor.

AÇIK SÖZLÜ DİKTATÖRLE RÖPORTAJ

01.05.2015

Acar muhabir arkadaşımız Teoslu Osman, Kazistan devlet başkanıyla yaptığı röportajı yollamış... 1 Mayıs'ta ne yazacağımı düşünüp dururken imdadıma yetişti!

"Yola birlikte çıktıklarınızın yarısını yolda kırıp döktünüz... Niye bu kadar vefasızsınız?"

"Vallahi, bunu hep sorup duruyorlar ama ben vefasız değilim. Ben kimseyi benimle ol, yanımda dur diye zorlamadım. Kendileri geldiler, kendileri gittiler. Yenilikçi ve parlak düşünceler bal kutusu gibidir. Bir yığın ihtiyaç sahibi sinek başınıza üşüşür. Kimileri de affedersiniz bokunuzda boncuk bulur. Bizim neyi savunduğumuz başından beri belli. Bir kuruluş ideolojisine sahibiz. Bala üşüşen sinekler değilse de boncuk bulanlar, bu ideolojinin nasıl bir şey olduğu konusunda bizim fikirlerimizle kendi niyetlerini karıştırmış olabilirler; ya da bizi etkileyebileceklerini düşünmüş olabilirler. Bu bizim suçumuz değil. Bunların hepsi aynı mazgal deliğine, demokrasinin mazgal deliğine dökülüyorsa, bize düşen şey mazgalın başında süpürge ve faraşla bekleyip işe yaramayanları bir köşeye ayırmaktır..."

"Kendinize özgü bir demokrasi ve özgürlük anlayışınız olduğu biliniyor... Bunu hayata geçirmekte zorlanıyor musunuz?"

"Demokrasinin en hoş yanı, size oy veren kitlelerle bir temsil ilişkiniz olduğuna inanılmasıdır. Yoksa politik programınızın ve uygulamalarınızın, o kitlelerin çıkarlarıyla uyum içinde olması gerekmez. Bizim yarattığımız demokrasi algısı, demokrasinin kendisinden daha değerli... Kendimize özgü bir jargonumuz var. Eski klişelerin yerine yeni klişeler koyuyoruz. Ama en büyük farkımız bu değil. En büyük farkımız şarkı terennüm ediyor, şiir okuyor gibi konuşabiliyor olmamız... Mesela, 'din elden gidiyor,' demiyoruz; 'elden gidiyor diiin,' diyoruz... Ayrıca bu algıyı topluma yerleştirebilmek çok da kolay bir şey değil. Varlığımızı tarihsel, ekonomik zeminlere, içinde bulunduğumuz dönemin gerçeklerine ve mitoslarına dayandıranlar yanılıyor. Geçen yüzyılda, Nazizm'i Krupp ve Ford firmalarının, çelik tröstlerinin pazar açlığının yarattığını söyleyenler yanılıyorlar. Sonuçta halk ne istiyorsa o olur... Beni Kazistan halkı tek adam ilan etti. Bunu ben ilan etmedim..."

"Ama adalet sisteminin dikişleri patlamaya başladı diyorlar."

"Sistem benim... Ben patlamazsam hiçbir şey patlamaz. Yüzde elliyi bulan, sistemi de tayin etmeye hak kazanır ki, bu aynı zamanda millî iradenin gereğidir. Ayrıca dikiş patlarsa tamir edersin; mahkemeleri de kendine bağlarsın, olur biter. Ben her türlü vesayete karşıyım; hukukun vesayetine de karşıyım. Bugün modern devlet yönetimi, yasama ve yürütme organları arasında gittikçe artan ve sıkılaşan bir işbirliğini gerekli kılıyor. Çağdaş parlamentarizm, genel olarak yürütme organının gitgide yasama alanında daha aktif bir role sahip olması ve inisiyatifi büyük ölçüde ele alması yönünde gelişmiştir."

"Yakın dönemde yolsuzluklarla suçlandınız; bu iddialar karşısında ne diyeceksiniz?"

"Bu konuda kendimi savunmayı gereksiz buluyorum ama yine de bir şeyler söyleyeyim... Sahipsiz malın zilyetliğini almayı belirli

koşullarda hukuk da tanır. Vahşi hayvanlara bakın! Onlar da doğal çevreyi ve doğal çevrenin zenginliklerini sahiplenirler. Sahiplenmek canlıların fıtratında vardır. Küçücük çocuklar dahi fırsatını bulduklarında aşırırlar. Demek ki bu bir tabiat kanunu... Bir de sizin Şeyh Galip diye bir şairiniz var... Mesela, ne demiş o? Çaldımsa da mîrî malı çaldım, demiş. Biz de halkın kursağından çalmıyoruz ya; mîrî malından faydalanıyoruz."

"Maşallah, bizim şiire de hâkimsiniz. Halkın kursağı demişken... Batı basınında, ülkenizdeki çalışanların durumunun son yıllarda kötüleştiği yazılıp çiziliyor."

"Yalan bunlar... Algı operasyonu..."

"Halkın yüzde kırkı fakirlik sınırının altında yaşıyormuş..."

"Külliyen yalan. Onlar kendilerine baksınlar. Eskiden, otuz kırk yıl önce çalışanlara iyi davranmak gerekiyordu. Bir sendikalarının olması âdettendi. Sigortaları vardı, kıdem tazminatları vardı, sekiz saatten çok çalışmazlardı. Biz sonradan bir orta yol bulduk; bütün bunlara gerek kalmadı. Taşeron diyoruz biz; sizde de var mı?"

"Var..."

"Hah, işte ondan... Şimdi artık grevleri de yasaklıyoruz. Çünkü gerek kalmadı. Bir de bizim halkımız çok çalışkandır. Öyle sekiz saat, on saat filan kesmez; on beş saat çalışmak isterler. Mesai ücreti de talep etmezler. Biz de bu durumda içtimai tesanüt fikrini geliştirdik. Siz ne diyordunuz buna? Hani bir dinî vecibeniz vardı..."

"Zekât diyoruz..."

"Hah, işte onun gibi... Eskiden onlar istiyordu, biz vermek istemiyorduk. Şimdi onlar isteyemiyor ama biz veriyoruz. Kömür veriyoruz, makarna veriyoruz, bulgur veriyoruz. Vermeyi istemek iyi bir şeydir. Herkes zekâtını vermeli. Evvelsi yıl bunlara deniz kıyısında bir miting meydanı yaptırdım, bağırıp çağırsınlar diye... Eh, bu da bir çeşit zekât değil mi?"

"Doğrudur… Son olarak, Türkiye'deki sevenlerinize bir mesajınız var mı?"

"Bugün 1 Mayıs değil mi? Türkiyeli çalışanların işçi bayramını kutlarım… Sahi, sizde uzun süre bahar bayramıydı bu…"

"Evet, öyleydi."

"Ne güzelmiş… İnsan imreniyor."

ŞAŞIRMALIYIZ

08.05.2015

"*Yazık,*" diyor Nâzım...
"*Anlayabilirim*
çoğu kere burnumla,
yani en karanlığın, en uzaktakinin bile kokusunu alarak
ve döğüşebilirim,
doğru bulduğum, haklı bulduğum, güzel bulduğum her şey için,
herkes için,
yaşım başım buna engel değil,
ama gel gör ki çoktan unuttum şaşıp kalmayı.
Şaşkınlık, alabildiğine yuvarlak açık ve alabildiğine genç gözleriyle bırakıp gitti beni.
Yazık..."

Artık hiçbir şeye şaşıramıyor olmaktan yakınan Nâzım Hikmet gibi bir şaire kimsenin bir diyeceği olamaz. Bu duygunun kayıtsızlıktan kaynaklanmadığını en iyi Nâzım okurları bilir.

Ama ömrünün son yılını yaşayan çok hasta, çok muhacir bir şair için bile şaşıramamak iç acıtıcı, yürek burkucu bir kaygıyı ifade eder.

Çok şey görmüş olmaktan, çok kez yenilmekten; kanıksamakla, alışmakla yüz yüze gelmenin tehlikelerinden kaynaklanan bir kaygıyı...

* * *

Claude Levi Strauss, geçen yüzyılın ortalarında, genç bir antropolog olarak Amerika kıtasına ayak bastığında, şaşkınlık uyandırıcı çok şeyle karşılaşmıştı.

Modern Avrupa insanının anlamakta zorlanacağı arkaik aynaya bakma fırsatı bulmuş, o aynada Amerikan yerlilerinin yaşamlarını, çağının bir başka gerçekliğini görmüştü.

Anlattığı olaylardan biri Martinik'te, bir mahkeme salonunda geçiyordu.

Salonda zenci bir köylünün duruşması görülmekteydi.

Köylü, bir kavga sırasında hasmının kulağını ısırmıştı.

Duruşma beş dakika gibi kısa bir sürede tamamlanmıştı. Kulak ısıran köylü sekiz yıla mahkûm olmuştu.

Olanlar Levi Strauss için çok şaşırtıcıydı. Notlarında, bu olaydan şöyle söz etmişti: "*Gerçek bir olaya şahit olduğumu kabul edemiyordum. Bugün bile, ne kadar masalsı, ne kadar aptalca olursa olsun hiçbir rüya bana böylesine bir inanılmazlık duygusu vermiyor...*"

Ne Nâzım Hikmet ne de Levi Strauss, yaşadıkları çağa kayıtsız gözlerle bakan birer seyirciydiler. Kendi çağlarının ve günümüzün çoğunluğuna normal ve sıradan görünen şeyler, onları hayatları boyunca şaşkına çevirmişti.

Siyasi görüşleri, dünyaya bakışları farklı olsa da, adaletsizliği, eşitsizliği, sömürüyü şaşkınlıkla, inanılmazlık duygusuyla yaşamları boyunca izlemişler, izlemekle kalmayıp şiddetli itirazlarını dile getirmişlerdi.

Kapitalizmin her şeye alışmaya hazır bir toplum yaratma fikrine ayak diremişlerdi.

Bugünün dünyası bize şaşırmamayı öğretiyor.

Akdeniz'deki yüzlerce mülteci ölüsünü olağan karşılıyoruz. Onlarla insanî bir bağ kurmak konusunda çekimseriz. Suriyeli çocukların şehirlerimizde dileniyor olması bizi etkilemiyor. Etkilemesi gerektiğini söyleyen vicdan sahiplerinin kelimeleri bir kulağımızdan giriyor, öbür kulağımızdan çıkıyor. Başörtüsü için haklı olarak sokaklara dökülen yığınların vicdanı, aslında yalnızca kendi özgürlüklerini istediklerini kanıtlayacak bir biçimde sessizleşiyor.

Ahlak sahiplerinin dışında, hiç kimse başkası için bir şey istemiyor. Herkes kendi ikbaline koşuyor.

Bütün bunlara nasıl direneceğimizi bilmiyorum. Ama şaşırmakla, inanılmazlık duygumuzu harekete geçirmekle başlayabiliriz. Şaşırmalıyız, evet... Şaşırmak yalnızca iyi bir şey değildir. Şaşırmak aynı zamanda bir erdemdir. Önlerinde konuşma yaptığı bisikletçilerin huzurdan çekip gitme isteğini fark etmeyen adama şaşırmalıyız. Yönettiği ülkedeki asgari ücreti bilmeyen adamın ilgisizliğine şaşırmalıyız.

İşçiyi köle sanan, nankörlük yapma diye bağıran adamların barbar kapitalist zihniyetine şaşırmalıyız.

Kendi gücümüze, kendi varlığımıza bile şaşırmalıyız. İlk kez yüzde onu bulmamıza şaşırmalıyız...

Onları korkutuyoruz; şaşırmalıyız. Onlardan korkmuyoruz; şaşırmalıyız.

Biri kulağımızı ısırıp koparmış gibi. Strauss'un hissettiği gibi. Doğru bulduğumuz, haklı bulduğumuz, güzel bulduğumuz her şey için, herkes için. Şaşıramamaktan korkan Nâzım Hikmet'in hatırası için...

Şaşırmalıyız.

TAZİYE

"Bu üslûp ile maksadım taziyet"

Naci

15.05.2015

Meğer ne kadar çok düşmanınız varmış Paşa Hazretleri.

Mirasçılarınız bile cenazenizde sizi yalnız bıraktılar.

Yalnız bırakmak da laf mı; arkanızdan ileri geri atıp tuttular.

Size bir devlet törenini bile çok gördüler. Sessiz sedasız, sebebi olduğunuz faili meçhulleri kimsesizler mezarlığına gömer gibi kaldırıverdiler.

Halbuki sizden kalan yüzde onluk seçim barajını nasıl da tepe tepe kullanmışlardı.

Ve hâlâ nasıl tepe tepe kullanıyorlar.

Sendikaları kapattığınızda, çalışanları örgütsüz bıraktığınızda nasıl sevinmişlerdi.

Hukuksuz bir ülke yaratma çabanızı nasıl alkışlamışlar, kaptıkaçtı anayasanızı nasıl benimsemişlerdi.

Ve bu mirası hâlâ nasıl bir iştahla yiyorlar.

Hem yiyorlar, hem de sizi beğenmiyorlar...

'Yahu aralarında hiç mi delikanlı yokmuş,' diye söylenip duruyordum ki, birkaç vefalı dostunuzu görüp rahatladım.

Fakat gözlerim diğerlerini aramadı da değil.

Meselâ sizden kıdem tazminatlarının fonlara devredilmesini mektupla isteyen aile şirketi, yeniyetmelerden birini temsilci olarak gönderebilirdi.

Öldüğünüzü duymadılar mı, işleri mi vardı, görünmek mi istemediler?

Biri dışında, zevksiz resimlerinize onca para dökenler neredeydi?

Arkanızdaki sermaye ve medya desteği nereye buharlaştı?

Böyle mi olacaktı?

Tükürdüğünü yalamak istemeyen bir eski genel yayın yönetmeninin, enteresanlık olsun diye gösterdiği sadakate mi kalacaktınız?

Kırk bin çocuğun ölümüne yol açan Kürt politikanızı dinlendirip dinlendirip önümüze getirenler de mi size sırtlarını döneceklerdi?

Cenazenize katılamadığım için üzgün değilim Paşa Hazretleri.

Evet, bir tuhaflık hissediyorum. Üç günlük ömrüme zararı dokunmuş bir zorba öldüğünde nasıl bir tuhaflık hissedilirse öyle bir tuhaflık hissediyorum.

Tuhaflık dediğime bakmayın.

Bu kelimeyle, insan kalmak için, kişisel kinden uzak durmak için, size ve siyasî mirasçılarınıza benzememek için kendime ahlakî bir sınır çekiyorum.

Biz işkence görenler, hapis yatanlar, sürülenler... Necmettin Büyükkaya'nın, Necdet Adalı'nın, Erdel Eren'in, Necati Vardar'ın, Hıdır Aslan'ın, Mustafa Hayrullahoğlu'nun ve diğerlerinin yoldaşları...

Ölümünüze üzülmemizi herhalde beklemezdiniz Paşa Hazretleri.

Sevinmemizi beklerdiniz.

Fakat son üç günde birlikte olup da konuştuğum arkadaşların hiçbirinde böyle bir sevinç belirtisi görmedim.

Galiba biz solcular, sanıldığı kadar çapulcu değiliz, Paşa Hazretleri.

Galiba çapulcu olan siz ve mirasçılarınızsınız.

Mirasçılarınız sizden cevval çıktılar Paşa Hazretleri.

Onların sivil mahkemeleri sizin askerî mahkemelerinizden daha adaletsiz.

Onların yalanları sizinkilerden az daha göz boyayıcı.

Mirasçılarınız sizi aratmıyorlar.

Erken gittiniz Paşa Hazretleri…

Daha topu topu tek Haziran görmüştünüz.

SONUÇ NE OLURSA OLSUN;
BU DAHA BAŞLANGIÇ

05.06.2015

Kafesli, devasa pencerelerden birinin arkasındaydı.

Avluyu tarayan ışıldakların aydınlığı yüzüne vurdukça gözleri kamaşıyor, salonun duvarına düşen gölgesi uzayıp kısalıyordu.

Işık acayip oyunlar oynuyordu. Omuzları genişleyip daralıyor, kamburu şekilden şekle giriyor, başı hızla tavana yükselip uzaklaşıyor, sonra yeniden duvarlara yansıyordu.

Artık kimseye güvenmiyordu. Yalnızlığı bir yaraya benziyordu. Çoğu zaman acısını hissetmediği, ama bazen, özellikle geç saatlerde, ruhunda derinden gelen bir inleyişle uyanan vahşi bir hayvanın çığlığı gibiydi.

Duyduğu, yolda kalanların, arkasında bıraktıklarının, terk ettiklerinin sesleri değildi. Onları duyan biri asla büyük mücadelelerin insanı olamazdı.

Yaranın sesi içinden, yüreğinden geliyordu.

Hiçbir şey yapmadığı halde, kımıldamadığı halde yorulduğunu hissediyor, soluk soluğa kalıyordu.

Korkuyordu. Yalnızca korkuyordu.

Avluya baktı.

"Ne kadar çok düşmanım var" diye mırıldandı.

Avlu tıka basa insan doluydu; çoluk çocuk, yaşlı, genç, milyonlarca insan... Bir kısmı ölüydü ama onlar da ötekiler gibi hâlâ yaşıyorlardı. Avluda, ölü olmakla yaşıyor olmanın ayrım çizgileri yeterince kalın çizilmemişti.

İki madenci kuzey duvarına sırtlarını vermişler, altmış altı oynuyorlardı. Hâlâ sağdılar. Ama üç yüz ölü maden işçisi onları izliyordu.

Hrant Dink uzak bir köşede olan biteni izliyor, okuduğu gazetenin sayfalarını açıyordu. O sayfaları açtıkça, çevresini saran kırk bin Kürt ve Türk çocuğu onunla birlikte başlarını sağdan sola çeviriyor, yazıları okuyorlardı.

Çingene Gül de aralarındaydı. Şarkılar söyleyerek, katledilen bütün travestileri yanına çağırıyordu.

Hepsinin bir yarası vardı. Ama hiçbirininki korkunun açtığı derin yaraya benzemiyordu.

Ayşe Paşalı, az önce çıtalarını çattığı, tutkalladığı uçurtmayı Berkin'in eline tutuşturdu.

"Hadi, uçur" dedi.

"Işıldakları kapatın!" diye bağırdı penceredeki.

Işıldaklar kapandı. Pencereden avluya vuran ampulün ışığı kaldı.

Ve kalabalığın üstüne karanlık gölgesi düştü.

Uzayıp kısalıyordu. Büyüyüp küçülüyordu.

"Ne kadar çok gün var" dedi. "Ve hepsinin ne kadar çok gecesi var... Ve bu geceler ne kadar uzun..."

Elini yarasına götürdü.

Acımıyordu. Ama tuhaf bir biçimde yalnızlıktan ve korkudan söz ediyordu yara.

"Hangi aydayız" dedi yanındakilere.

"Haziran" dediler.

Kalabalığın içinden bir çocuk öne çıktı, başını kaldırdı ve pencereye baktı.

Penceredeki yanındakilere döndü.

"Bir şey söyleyecek galiba," dedi.

Yanındakiler silahlarına davrandılar.

"Sorun yok," dedi, "bırakın konuşsun..."

Çocuk pencereye yaklaştı. Yukarı doğru bağırdı.

"Birlikte yaşamaya hazır mısın?" dedi, "yoksa bizi tamamen sindirmeyi mi düşünüyorsun?"

Soruyu anlayamamıştı.

Çocuk yineledi:

"Biz hep burada olacağız, diyorum... Sen birlikte yaşamaya hazır mısın? Yoksa bizi sindirmeyi mi düşünüyorsun?"

Hırıltılı bir sesle "Evet" diye mırıldandı. "Sineceksiniz!"

Çocuk güldü. Gülünce, dökülen süt dişlerinin boşluğu göründü.

Bir diş boşluğunda taze, küçük bir pırıltı vardı; yepyeni bir diş...

Çocuk eliyle onu gösterdi.

"Bu daha başlangıç" dedi.

MEDET BEY'İN KISA TARİHİ

02.09.2018

Medet Bey, doğmadan önce anasının karnını o kadar çok tekmeledi ki, anacığı yatırlara gidip "bu çocuk sağlıkla doğsun, bir daha da gebe kalmaya tövbe ederim," diyerek üç beş kez horoz ve gebeliğinin son ayında da Eyüp Sultan Hazretlerinin eşiğinde bir sefere mahsus olmak üzere al kınalı koç adadı. Sözüne sadık kalmak için de, bebe doğduktan sonraki halvetlik hayatını aybaşının üç beş gün öncesi ve üç beş gün sonrasıyla tahdit etti.

Medet Bey'in ana rahmindeki isyankâr hali doğar doğmaz sukut buldu. Asma tefeğine tutunmuş bir salyangoz gibi anasının eteğine yapışıp yeryüzünde tek bir ilişkiyle de yaşanabileceğinin bir kanıtını ortaya koyarmışçasına, yalnızca çevresine bakarak, gördüklerine anlam vermeye tembellenerek, susarak, meme emmenin, kabul ve kifayet etmenin baştan çıkarıcı kolaylığıyla yaşamaya başladı. Fakat yine de bir salyangozun asma tefeğinde bıraktığı o pırıltılı izi bırakmaktan kaçınamadı.

Henüz iki günlükken yaklaşık otuz iki saat ağladı ki, ağlaması sona erdiğinde üç buçuk günlük olmuş, Adnan Menderes bu otuz iki saat boyunca son yolculuğuna hazırlanmış, ağlamanın sonunda da asılmıştı.

On bir yaşına geldiğinde, Medet Bey hâlâ konuşkan biri değildi. Konuşkan olmak bir yana, artık derdini ağlayarak da anlatamıyordu.

Bir gece ansızın uyanıp mutfağa gitti; yeni alınmış, henüz metal kokan buzdolabının kapısını açtı ve babasının pek kıymet verdiği, yemesinin yasak olduğu anzer balından on beş kaşık kadar yedi. Saat sabahın beşiydi. Babasına bal yemenin kalp hastalığına iyi geleceği fikrini kimin aşıladığını, bunun bir işe yarayıp yaramadığını bilmiyordu. Küçümen, çorapsız, üşüyen kış adımlarıyla mutfağı adımlarken, uzak bir yerde, Deniz Gezmiş'in boynuna ilmek geçiriliyordu.

Medet Bey'in, devletin işlediği suçlardan hiç haberi olmadı. Bu suçların affedildiğini de büyüdüğünde televizyonlardan öğrendi. Medet Bey hikâyemizin bu safhasına kadar masumdu. Çünkü daha çocuktu.

Sonra Medet Bey yetmişleri, seksenleri, doksanları yaşadı. Etliye sütlüye karışmadı. Karışmadı derken, hiçbir şeye karışmadı. Ülkenin kafasında horoz ibiği ya da asma tefeğinin üstünde salyangoz gibi yaşadı. Ülke kafasını nereye sallarsa, asma tefeği rüzgârda nereye savrulursa oraya sallandı, oraya savruldu.

Erdal Eren'in asıldığından haberi bile olmadı. Seksenlerin beyaz Renaultlarını, doksanların beyaz Toros'larını hiç bilmedi. Üniversite okuyamamıştı, teknik lise mezunuydu, makine ressamlığı yapıyordu; hep fakirdi. Tek derdi evlenmekti ama bunu da anası engelliyordu.

O kadar tekmenin nasiple bu kadar da ilgisi olsundu.

Medet Bey, hayatı boyunca pek çok düşünceye meyletti. Bunlar genellikle atalarının ne büyük adamlar olduklarına dair kendi hayatının zorluklarını gidermeye yönelik düşüncelerdi.

Kur'an kursuna gittiyse de Kur'an'ı pek öğrenemedi. Bunun yanında, başarılı olduğu alanlar da vardı. Hiç Marx okumadan Marx'a karşı argüman kullanmayı pekâlâ becerebiliyordu.

Sonra bir gece Taksim'de ıslak hamburger yerken bir kadınla tanıştı. Onu anasının evine götüremediği için bir otel odasında beraber oldular. Kadına yüz lira vermesine rağmen âşık oldu.

Akşamdı, otel odasının perdeleri kapalıydı. Medet Bey yatakta yarı çıplak uyuyan kadına baktı. Tam bakarken Berkin Elvan'ı öldürdüler.

Birkaç yıl, "benim hayatımda ne oldu?" diye düşündü durdu. Derken emekli oldu ve olur olmaz da felç geçirdi.

Geçen gün ziyaretine gittim. Hastanede bir buçuk ay kalmış; şimdi evinde. Anası ona revani yapıyor. Sol yanı hareketsiz, zihni kapalı, hiçbir şeyi anlamıyor.

"Kardeşinden selam getirdim," dedim.

Anası araya girdi:

"Onun kardeşi yok ki!"

Dedim ki, "var."

Hatta adresini verdim. "Edirne cezaevinde," dedim. "Silivri'de, Galatasaray Meydanı'nda."

Medet Bey söylediklerimi duydu; tepki vermedi.

Aklı uyuyor şimdi. Kim bilir ne vakit uyanır.

Ama uyanır.

iktidarsiz.com'da yayınlanan yazılar
(2003-2009)

ENVER PAŞA'NIN GİZLİ HATIRA DEFTERİ (1)

Aziz defter!

Bugünlerde savaşa nasıl girdiğimiz hususunda herkes bir şeyler konuşuyor ve konuşacaktır.

Ben meselenin aslını zikredeyim:

Temmuz nihayetinde İstanbul'daki Alman Büyükelçisi Baron von Wangenheim'la müzakerelere başlamıştık. Başladığımızdan Mehmet Reşat Hazretlerinin haberi vardı; çıtlatmıştık, anladıysa anladı. İlerde kimse demesin, Halife'nin haberi yoktu diye...

Baronla günlerce mesaide bulunduğumuzu bilen birinin, hangi hususların istişare edildiğini bilmemesi mümkün müdür? Sokaktaki adam bile harbi konuşurken biz baytar mektebinin haralarından mı bahsedeceğiz? Tabii ki harpten ve ittifak şeraitinden bahsedeceğiz. Her neyse, neticede Baron'la bir mutabakat zemini bulduk. Yani, bir koyup otuz üç alacağız. Biz şarka sevkiyatımızı itmam edip cepheyi açtığımızda, Alman Kolordusu da şimalden cephe genişletecek ve bizim birliklerimiz gayet rahat surette Turan'a vasıl olacaklar. Ziya Gökalp üstadın dediği gibi, Rusya bu harpte paramparça olacak zaten, asırlardır Çar'ın zulmü altında inleyen esir Müslüman kavimler ve boylar hürriyete kavuşacak, Turan'ın yolu açılacak.

Şimdi, ilerde hakkımızda söyleyeceklerdir: Almanlar kendi cephelerinin yükünü hafifletmek için Osmanlı'yı harbe soktu diye...

Hakikat bu değildir. Hakikat şudur ki, Almanya, Doğuda zaptedeceğimiz topraklar üzerinde, hâl icabı, bir hükümranlığa ortak olamayacaktır. Mesafeler bu imkânı mümkün kılmamaktadır. Hal böyleyken, ben, Sait Paşa, Talât ve Mebusan Reisi Halil Bey, biz dördümüz, vaziyetin mesuliyetini üstlenip, 2 Ağustos'ta, yani Almanya Rusya'ya harp ilân ettikten bir gün sonra anlaşmayı imzaladık. Anlaşmanın 2. maddesine göre, Almanya Rusya'ya harp ilân ederse, Osmanlı da otomatik olarak Almanya'nın yanında harbe girecekti.

Fakat bundan bir gün evvel, yani 1 Ağustos'ta Almanya Rusya'ya harp ilân etmişti zaten... Bu münasebetle, biz de, hukuken harp anlaşması irademizden bir gün evvel, Rusların saldırısından üç, harp ilânımızdan da dört ay evvel harbe duhul ettik.

Diyeceğim şu ki, çenesi düşük tarihçilerin yazacağı gibi, Osmanlı, Ekim sonunda Rusların hudut ihlâli suretiyle harbe girmemiştir. Goeben ve Breslau'nun boynu bükük dönüşleriyle duçar olduğumuz haysiyet kırıcı hissiyat saikiyle de harbe girmemiştir.

Bizim harbe girişimiz kendi cesaret ve kararlılığımızın eseridir. İtibari ve hukuki olarak 1 Ağustos 1914'te, tamamen hukuki ve ameli olarak ise 2 Ağustos 1914'te girmişizdir.

Şimdi... Bunu gizli olarak icra ettiğimizi söyleyeceklerdir. Hayır, gizli olarak yürütmüyorduk. Almanların haberi vardı.

ENVER PAŞA'NIN GİZLİ HATIRA DEFTERİ (2)

Sarıkamış harekâtının selâmeti hususunda benim zerre kadar şüphem yoktu.

Harbin başında, iki kolorduya, icabı halinde iki yüz kilometre genişliğindeki bir cepheyi örtecek şekilde hazırlanmaları için emir vermiş, Hafız Hakkı biraderin komutasındaki kolorduyu da cepheye bir an evvel vasıl olması için harekete geçirmiştim. Aras güneyinden Kötek kuzeyine kadar muhariplerin ve ağır silahların temekkünü tesis edilmiş, noksanlarımız tamamlanmıştı. Ben zafere artık bir hakikattir gözüyle bakıyordum. Hatta Kâzım'la (Karabekir Paşa) harp esnasındaki bir konuşmamda, bir sonraki adımımız hakkındaki irademi beyan etmiş, kendisini, Tahran'a yürüyecek birliklerin başında görmeyi arzu ettiğimi söylemişimdir. Belki birkaç noksanımız hâlâ vardı, reddetmiyorum. Mesela iki uçağımızı getiren gemi Karadeniz'de batırılmıştı ve bu sebeple keşiflerde bazı sıkıntılar yaşamıştık.

Şark harbini kaybetmemizin elbette çeşitli ve mühim sebepleri vardır. Bunların arasında, Hafız Hakkı biraderin benimle sidik yarıştırmaya kalkışması da vardır, biliyorum. Fakat harbin nihayetinden bugüne kadar pek çok zaman geçtiği halde, galibiyet için ayağımıza gelen fırsatları nasıl teptiğimiz hakkında, çok bilmiş muharrirlerin kaleminden tek bir satır çıkmamış olmasını esefle müşahede ediyorum.

Zannederim 1914 yılının Aralık ortalarındaydık. Sarıkamış cihetinde, İsmail Hakkı isimli bir mülâzımın emrindeki on dokuz kişilik bir müfreze, yüksekçe bir tepeden Rus müdafaasını tarassut ediyormuş.

Ruslar, mevzilerine devamlı surette erzak ve mühimmat taşıyorlarmış. Sabahtan iki yüz otuz araba geçmiş. Bizim aklı evvel mülâzım da kedinin ciğere baktığı gibi bakmış. Sonra, öğle vaktinde bir tabur Rus askeri geçmiş yoldan, fevkalade bir hareket başlamış. Bizimki yine bakmış. Sonra Kazak süvarileri ve onların arkasında on-on beş kişilik bir kafile... Bu kafilenin rütbeli zabitlerden müteşekkil olduğu o kadar aşikârken, bizim mülâzım efendi sadece tarassut emri almış olduğundan elini beline atamamış. Zavallı! Sanki sokağın başında oturmuş, deli gibi geleni geçeni sayıyor! Halbuki ben bu harbe girerken, ordudaki her mülâzımın benim kadar, Enver Paşa kadar basiret ve inisiyatif sahibi olduğu hususunda deruni bir imana sahiptim. Ne kadar aldanmışım!

O Rus zabitlerinin, Kazak süvarilerinin arasında bir de kim varmış dersiniz?

Nikolas!

Rus çarı Nikolas! İkinci Nikolas...

Koca bir harbin ve mağlubiyetin hamallığını benim omuzlarıma yıkanlar, bu mülâzımın yaptığına ne buyururlar? Güya müfrezesi de Makedonya'da, Balkan'da cenk etmiş. Ellerine bir gece evvelinden hafif filintalar, yeni gelen dürbünler verilmiş! Kör müsün be? Harpte seyircilik olur mu?

Dedim ya, bizim harbi kazanmamız için her şeyimiz vardı. Bir kere, benim şahsi iradem vardı ki, bu bile kifayet ederdi. Amma velâkin mülâzım İsmail, kıymetli yolcuları ve erzak arabalarını saymakla iktifa etti!

Ben orada olacaktım ki, görsünler Rus çarı nasıl esir alınır ve bir harp kısa yoldan nasıl neticelendirilir!

Bir defasında, herhalde Boyalı ismiyle maruf bir köyün civarındaydık. At üstünde Bardız'a doğru ricat ediyorduk. Yanımda Bronsart Paşa ve iki Alman zabiti daha var. Kazakların hücumuna uğradık. Almanlarda ve bizimkilerde bet beniz attı. Düşman tüfeklerle tarıyor, mermiler vızır vızır başımızın üstünden geçiyor. Benim belimde tabanca var amma menzili düşük. Baktım olmayacak, erlerden birinin mavzerini kaptım, gözüme yatırdım. Bir kazak zabitine nişan aldım, pat diye düştü.

Şimdi... Buna kimse bir şey demez de, o esnada kazara cebimden evraklarımı düşürmüş olmam ve Rusların daha sonra bunları bulmaları fiskos marifetiyle Firaz'daki Kör Kadı'ya bile malum edilir.

Soysuzlar!

Sonra ne oldu, bilir misiniz? Biz çatışmadan sonra tekrar atlara bindik ve saatlerce yol aldık. Biz ki karargâhız, fakat bizden daha süratli ricat edenler de varmış! Bir binbaşı Bardız cihetinde yolumuza çıktı; güya bizi karşılayacakmış! İsmi de Celal'miş.

"Mevziyi savunamadım, ricat mecburiyetinde kaldım," dedi.

Tepem attı, döndüm zabitlere:

"Mevzi terk etmiş, kurşuna dizin!" dedim.

Sonradan, çok bilmiş muharrirler bu emri verdiğim için kendi kaçışımı örtbas etmek istediğimi bile söylediler. Neyse... Bronsart Paşa'ya dua etsin o Binbaşı! Araya girip beni teskin etti de ölümden kurtuldu. Fakat mesele böyle kapanmadı.

"Kovuldun!" dedim hergeleye.

Karşısına geçtim, apoletlerinin, rütbesinin sökülmesini zevkle seyrettim. Başlığı filan alındı. Erler kafasını sarması için çaput getirdiler.

Lâkin şu araba sayıcı İsmail Hakkı denen mülâzımı bulsaydım, değil Bronsart Paşa, pek kıymetli zevcem rica etse elimden kurtulamazdı.

Bana harbi kaybettirdi, pezevenk!

ENVER PAŞA'NIN GİZLİ HATIRA DEFTERİ (3)

Zannederim 1914'ün aralık ortalarındaydık. Bir süredir Şark cephesi teftişindeydim. Köprüköy muharebelerini müteakip, teftişin devamının elzem olduğu fikrinden hareketle Bronsart Paşa'yı ve bir kısım zevatı yanıma almış, Erzurum'dan yola çıkmıştım. Köprüköy ve Keçik tarikiyle cepheye gidiyorduk. Maksadım, bir taraftan mevzilerin teftişini yapmak, bir taraftan da muhariplere moral aşılamaktı.

Hava şartları sertti. Yollar buz tutmuştu. Tipi fasılalarla devam ediyor, yürüyüşümüzü zorlaştırıyordu. Bu şartlar muvacehesinde bizim kurmayların yaptığı gibi sırtıma kat kat çaput alıp soğuktan korkar görünmeyi münasip bulmadım. Kaputumu bile giymeyip atımın terkisine dürdüm. Sadece bir yelek ve ceket giyip ata bindim. Ceketimin yakasını da kaldırmadım. Beni böyle gören zevat da kaput giymeye cesaret edemedi. Hatta göz ucuyla kendilerine baktığımın farkına vardıkları vakit, başlarını dikleştiriyorlar, üşüdüklerini belli etmemek için moraran yüzlerini gülünç bir ciddiyetle rüzgâra verip, atların üstünde baston yutmuş gibi duruyorlardı. Halbuki hepimiz üşüyorduk; kendimizi tutmasak dişlerimizin takırtısı leylek taktakaları gibi göğe ağacaktı. Fakat bu imtihan muhariplere moral aşılamak cihetinden olduğu kadar, kendileri için de terakki ettirici bir mecburiyetti. Çünkü bir kurmayın düşmanla girişilen harpten evvel kendisiyle harp etmesi ve bu harpten galip çıkmayı öğrenmesi icap eder.

Bu vaziyet yanımdakilerin asabını bozmuş olacak ki, ancak cepheye kadar metanet gösterebildiler.

Yürüyüş kolumuzun cephe yakınında kolordu kumandanı tarafından karşılanışı esnasında, at üstünde bir vaziyet tespiti yaparken hepimizi gülümseten ve asap bozukluğunu aşikâr eden bir hadise vuku buldu.

Söz sırası Bronsart Paşa'ya gelmişti. Uzun uzun konuştu, Kafkaslar'a hücumumuz hakkında kurmay raporlarından iktibaslarda bulunup fikirlerini beyan etti. Konuşmasının sonunda da kırbacını havaya kaldırıp bağırdı:

"Büyük bir zaferle aramızda, şu elimdeki kırbaç kadar mesafe vardır!" buyurdu.

İşte o anda ne olduysa oldu! Paşa'nın atı kırbaçtan ürktü, şaha kalktı. Arka ayakları buzun üstünde kayınca da Paşa'yı üstünden attı. Doğrusu herkes kahkahalarla gülmek istedi amma bana ve Paşa'ya hürmetlerinden gülemediler. Sadece Kurmay Başkanı Şerif'in sırıttığını gördüm. Bronsart ayaklarını havaya dikmiş, yerde yatıyordu. Zafer fikrine böyle bir sakarlığın bulaşmış olması canını sıkmışa benziyordu.

Ben askerin moralini buna benzer türlü fedakârlıklarda bulunmak suretiyle yükseltmek gayretindeyken asker ne yapıyordu dersiniz?

Yukarıda zikrettiğim hadiseden bir gün sonra Hızardere köyünde karşılaştığım Arif isimli albayın halini anlatınca, durumun vahameti hakkında ümit ederim bir fikir sahibi olacaksınız.

Albay bizi köyün dışında karşıladı. Kafasına, benim icadım olan başlığı geçirmişti. Kendi icadımdır diye söylemiyorum ama bu başlık fevkalade koruyucu idi. Başın üstünü olduğu kadar alnı, şakakları ve kulakları da soğuktan koruyordu. Fakat bu Arif, başlıkla iktifa etmemiş, bir de başlığın uçlarını çözüp köylü karılar gibi boynuna bağlamış. Hadi bunu yaptın! Başlığın üstüne o Lâz kabalağını niye geçirdin be adam? Hadi bunu da yaptın! O siyah şems camlarının gözünde ne işi var? Hadi hepsini yaptın! Âli Osmanî'nin Başkomutanının karşısına bu halinle çıkma cüretini nereden buldun? Başka vakit olsa tereddüt etmeden birkaç terfi alırdım kolundan. Fakat köyde çorba hazırlattığını söyleyince affettim.

Üç gündür açtık.

ENVER PAŞA'NIN GİZLİ HATIRA DEFTERİ (4)

Ey geveze muharrirler! Şark harbinin Enver'in harbi olduğu hususunda bir takım yaveleri geveleyip durursunuz. Çünküsü şu ki, hataların tamamını ben işlemişimdir.

Ne büyük gaflet! Ne derin deman!

Bir kere, bir harita mevzuu var ki, Âli Osmanî kurmaylarının gayrı vazıh coğrafyalarda echel sıfatıyla tesmiyesine sebep olmuştur.

Fakat, işgüzarlar sadece bizim memlekette mi vardır sanırsınız? Bizim kurmayların üstüne eğildiği elli senelik, yüz senelik hükümsüz haritaları sadece bizim coğrafya teşkilatlarımız mı hazırlar? Hayır efendim! Bakın, size Almanların başımıza açtığı bir işi anlatayım da bunun böyle olmadığını görün!

Daha harbin başında Alman hükümeti Kafkasya'da isyanlar çıkarmamız için bize baskı yapmaya başladığında, Almanya Genelkurmay Başkanı General Moltke, bir plan dahilinde hareket etmemiz mecburiyetine binaen tafsilatlı bir rapor tanzim ettirmişti. O vakitler, takdir edersiniz ki, her şey güllük gülistanlıktı. Azerbaycan ve Gürcistan'da pek çok taraftar bulacağımızı ümit ediyor, General Moltke'nin tabiriyle, "İslâm fanatizmini" ayağa kaldırmanın pek kolay olacağını tasavvur ediyorduk.

Nitekim, general de şahsen bu ümidi hamildi. Bizim kurmaya verdiği malumatlarda, işin hal yolunun kolaylığından dem vuruyor, asrın başında Tiflis mahallinde konsoloslukta bulunmuş Kont von der Schulenburg'un hafi raporlarına istinaden, faaliyetimizin muvaffakiyetinden emin görünüyordu.

Kont'un, on sene evvelinin coğrafyasına dair tespitlerini ihtiva eden bir kayıt bu vesileyle bizim de elimize geçti. Kayıt şundan ibaretti: Kont, Rusların bilmediği bir nakil yolu keşfetmişti ki, bu yoldan ağır topçu birliklerimiz dahi kolaylıkla sefer edecekti. Bu yol Koşa'dan başlayıp Verentop ve Çıtak tarikiyle Bardız'a gidiyor, oradan da Çilhoroz Dağları'na ve en nihayetinde son menzilimiz olan Sarıkamış'a vasıl oluyordu.

Anlaşılan o ki, General Moltke, yeni haberdar olduğu bu malumatı bir buldumcuk şımarıklığıyla bize satmayı bir çeşit inayet zannetti. Sadece o mu? Bizim ordu kumandanı Hafız Hakkı birader de öyle zannetti. Erzurum'a gittiğinde bana telgraf çekti ve bu haberi neş'e içinde bildirdi. Neredeyse harbi kazandığımızı müjdeliyordu! Manastır'da, merkezde, Viyana'da hizmetlerde bulunmuş bir kurmayın bu boşboğazlığına doğrusu pek şaşırdım.

Sonra ne mi oldu?

Elbette, bizim mahalli teşkilatımızın, Schulenburg'un hafi yolundan çok evvelden beri haberi olduğunu öğrendik. Hatta, yola bir isim bile vermişlerdi: Top Yolu... Yol, yazları top arabalarının geçişine müsait olduğu için böyle bir tesmiyeyi münasip görmüş olmalıydılar. Fakat biz bunu öğrenene kadar aylar geçmiş olması hakikaten bir garabettir; teslim ederim.

İşin daha garip tarafı, Ruslar da senelerden beri bu yolu biliyorlardı. Rus Kafkas Kurmay Kurulu Coğrafya Şubesinin 1908 senesi başında neşrettiği Karskaya Oblast isimli risalede Top Yolu tafsilatlı bir şekilde anlatılmıştı. Zaten, harp başlayınca atlı birliklerle yolu kontrol altına aldılar ve kış şartlarında yolun kullanılması mümkün olmadığından bununla iktifa ettiler.

Velhasıl, yolun hafiliğinden fayda ümit eden tek taraf Alman genel kurmayıydı. Fakat bizim de vaziyetimiz o kadar tuhaf, şarka dair ümidimiz o kadar verimkâr idi ki, Hafız Hakkı biraderin hadiseyi ele alışındaki şevk ve şetareti mazur görüyorum.

Tabii ki, bu bir coğrafik meseledir. General Moltke'nin, mezkûr mahaldeki İslâm fanatizminden faydalanmak saikinin meseleyle uzak yakın bir alâkası yoktur.

Allah izin verirse, harita mevzuuna günlüğümün sonraki sayfalarında tekrar dönmeyi ümit ediyorum.

Geveze muharrirlerin yazdığı gibi, bir insan bir kavime bir harbi kaybettiremez. Ama bir harita! İşte bu pekâlâ mümkündür.

ENVER PAŞA'NIN GİZLİ HATIRA DEFTERİ (6)

Biz harp ederken, sulhperver münevverler pederimin kartvizitiyle meşgul oluyorlardı.

Pederbey Sürre Emini'ydi amma kartvizitine titrini düşmeyi münasip görmemiş, "Enver Paşa'nın Babası" sıfatını yazdırmıştı.

Onlar muhterem pederimin uhrevî vazifesini istihfafla dillerine dolaya dursunlar, biz zafere yürüyen mesaimize devam ettik ve dönüp de arkamıza bakmadık.

Harbin nihayetine doğru, aralık ortasında, şark cephesinden İstanbul'a dönmeden evvel, muhariplere okunsun diye bir beyanat kaleme almıştım. O beyanatta, orduya şan ve şerefin hangi cihette olduğunu işaret etmiş, imkânsızlıklar içinde de olsa Kafkaslar'a vasıl olmanın kıymetinden bahsetmiştim.

Muhariplerin ayağında çarık, sırtında gocuk yoktu. Tayınları da yoktu, yürüyecek mecalleri ve moralleri de yoktu. Fakat Kafkaslar'a vasıl olunca bunların hepsini elde edeceklerdi. Bunun nasıl yapılacağını, sonraki emirnamelerimde ordu komutanlıklarına teferruatıyla izah ettim. Çok basit! Düşman mevzilerine hızla intikal edecekler, hayvanların bakımını ihmal etmeyecekler, ele geçirdikleri köylerde ve kazalarda bu hayvanları yenileriyle değiştirecekler, köylülerin ve Rusların erzakına el koyacaklardı. Yepyeni bir lojistik teoriydi bu!

Harp etmek için lüzumlu koşullar, harbin adım adım zaferlerle taçlandırılmasından sonra teşekkül edecekti.

Fakat beni kimse anlamadı, işaretimin ehemmiyetini kimse idrak edemedi; ne yazık! Hafız Hakkı bile idrak edemedi! Bu büyük vazifenin mesuliyetinin ağırlığı onun omuzlarındaydı fakat altından kalkamadı. Sarıkamış ihatasının planları kendisine aitti; Ruslar Kars'a çekilip daha kuvvetli bir düşman haline gelmeden evvel, onları Sarıkamış'ta imha edecekti. Güzel bir plandı. Ben de okudum, münasip görüp tasdik ettim.

Aslına bakılırsa Hafız Hakkı'nın başından beri ihataya filan niyeti yoktu. Devamlı bahaneler uyduruyordu. Fakat sadece beni kıskandığı için böyle bir hareket tarzı seçti. O sıralarda kulağıma bazı laflar çalındı. Bir arkadaşa şöyle demiş: "Enver yarbay, Hafız Hakkı yarbay... Enver albay, Hafız Hakkı yarbay... Enver Paşa, Hafız Hakkı hâlâ yarbay..."

Denecek şey mi bu?

Sonra, Halife damatlığımı da içine sindiremedi. Gitti saraydan evlendi, kendisi de damat oldu. Muhaberatında arlanmadan damat titrini kullandı. Olacak şey mi?

Her neyse!

Benim ne kadar hızlı otomobil kullandığımı herkes bilir.

O bunu yapamaz! Korkar!

ENVER PAŞA'NIN GİZLİ HATIRA DEFTERİ (7)

Yürüyüş ve keşif organizasyonlarında büyük ehemmiyet taşıyan haritacılık mevzuuna hatıratımın daha evvelki sayfalarında da temas etmiştim.

Bundan seneler evvel, 1914 Aralık'ında, Hafız Hakkı biraderin Oltu'dan çektiği bir telgraf şimdi önümde duruyor!

"Onuncu Kolordu tümenleri bugün şiddetle ilerleyerek gece (yani 24 Aralık gecesi) Vartenik-Beyköy çizgisine varacaktır!"

Hafız Hakkı bu telgrafı 24 aralık sabahı erken saatte çekmiş. Verdiği malumat coğrafya bilmeyenler için bir şey ifade etmez! Fakat coğrafya bilmesi icap eden bir ordu komutanının böyle bir şeyi zikretmiş olması en hafif tabirle ahmaklıktır. Çünkü Oltu ile Beyköy arası altmış beş kilometredir ve nizama elverir bir yürüyüş için münasip değildir; koskoca Allahüekber Dağları'nı aşmadan Beyköy'e varamazsınız.

Hafız Hakkı birader diyor ki; ordumu on beş saat zarfında altmış beş kilometre yürüteceğim. Adama sormazlar mı, "birader, senin ordun bir haftadır ve düz yolda günde kaç kilometre yürüdü," diye! Sorarlar! El cevap? En fazla yirmi kilometre!

Ben o vakit aradaki mesafe hakkında kesin bir malumata sahip değildim. Başkomutan vekiliydim ve böyle küçük işlerle uğraşma lüksünden muaftım. Elbette Onuncu Kolordu'nun hareket tarzı ve keyfiyet hakkında bir fikrim vardı amma Hafız Hakkı biraderin de bir harita açıp bakma zahmeti göstermiş olacağını düşünüyordum.

Gerçi bu Oltu yöresi coğrafi cihetten benim de başıma bir bela açmıştır. Hem de Hafız Hakkı'nın telgrafından bir gün sonra.

O gün Sarıkamış'ın çok yakınındaydık... Yani biz öyle biliyorduk. Sarıkamış yolunda, Çamurludağ sırtlarında Rus mevzileriyle karşılaştık. Elimdeki birkaç tabura doğrudan saldırı emri verdim. Bizim Bronsart da yanımdaydı, diğer Almanlar da. Hepsi de saldırı kararını müspet karşıladılar. Bir tek bizim Türk kurmaylar karşı çıktı. Binbaşı Nuri diye bir adam, Arif diye bir albay ve Şerif denen bir yarbay. Tabii, fikirlerini sarahaten söyleyemiyorlar ama mırın kırın ediyorlar.

Neyse... Rusların, dağın zirvesindeki mevzilerine yönelik taarruzumuz saatlerce sürdü. Biz çok zayiat verdik, tepeler hemen donup kalan yaralılarla doldu.

Neticede anladık ki, mevzileri yalnızca küçük bir Rus keşif kolu işgal ediyormuş. Fakat ne olursa olsun, sonunda onları bertaraf edip Sarıkamış yolunu açmıştım. Yani, ben öyle zannediyordum... Çünkü sabahtan beri bakıp durduğum harita iki yüz binde bir ölçekliydi! Haritanın Oltu paftasında, şark cihetinde birkaç yolun birleştiği bir noktada "Sarıkamış" yazıyordu. Ben de ona inandım... Sonradan haritacılarla konuştum. Meğer, paftanın bittiği yere "şuraya gider" manasında o yerin ismi, ibaresi konurmuş!

Velhasıl o tepeyi aşınca Sarıkamış görünmedi! Hafız Hakkı biradere de orada hak verdim. Neticede herkese hakkını vermek icap eder.

ENVER PAŞA'NIN GİZLİ HATIRA DEFTERİ (8)

Lisanını bilmediğiniz, âdetlerine aşina olmadığınız coğrafyalarda at koşturmak kolay değildir.

Ne işi var İngilizlerin Şattülarab'da? Çölün bir gün bir mucize tevlid edeceğini mi ümit ediyorlar, nedir?

Dün elime geçen bir zabıt varakası, mezkûr havalide, yani Şattülarab'da, İngilizlerin işlerinin de hiç kolay olmadığına işaret ediyor.

Bunlar, 19 Kasım sabahı, nehir boyunca kuzeye tevcih edip Basra'ya doğru yürüyüşe geçmişler. Hareketlerinden, bizim ordugâhın ve askeri kuvvetlerin nerede olduğuna dair kat'i bir malumatlarının olmadığı anlaşılıyormuş. Fakat öğleye doğru bir Arap casusu jurnalde bulunmuş. Elimdeki varakaya bakılırsa, casus, Osmanlı kuvvetlerinin "Sahil'e" yerleşmiş olduğunu bir yazıyla İngiliz kurmaylarına bildirmiş.

Bunun üzerine, yürüyüşe ara veren kurmay heyeti bir çadırda toplanmış. Subaylar, önlerindeki haritaya uzun uzun bakıp "Sahil" adında bir yer aramışlar. Bir kasaba, bir köy, herhangi bir mevki... Heyhat! Yokmuş!

Casusun yazısını tercüme eden İngiliz, herhalde, sahil kelimesinin kıyı manasına geldiğini bilmiyordu. Bu sebeple kelimeyi büyük harfle başlatma gafletinde bulunmuş olmalı. Eh, vaziyet böyle olunca, İngilizler haritada saatlerce "Sahil'i" aramışlar.

Mesele bununla da kalmamış. İşin içinden çıkamayan İngilizler çadırlarını söküp tekrar yürüyüşe geçmişler.

Şattülarap sahilinde Osmanlı askeriyle karşılaşmayı ümit ederek ilerlerken, yolda bir fellaha rastlamışlar. İki, üç kilometre kadar ilerde de bir köyün damları görünüyormuş. İngiliz kuvvetlerinin komutanı, tercümanı vasıtasıyla köylüye sormuş:

"Şu görünen köyün ismi nedir?"

Köylü cevap vermiş:

"Makri."

Komutan, bunun üzerine haritaya bir işaret koymuş. İşaretin kenarına "Makri" diye yazmış.

Sonradan, makri kelimesinin manasını dahi bilmeyen bir tercümanın seferde ne işi var diye kendi kendine sormuştur herhalde!

Makri, Arapça "bilmiyorum" demektir.

Her neyse.

İngilizlerin zaviyesinden, bütün bu tersliklere rağmen, netice ne oldu diye merak etmişsinizdir.

Netice şu oldu: İngilizler, bizim kuvvetlerle "Sahil'de" karşılaştılar. Ve bizim kuvvetler ne yazıktır ki perişan oldu.

Diyeceğim şudur:

Bazen kelimelerin inayeti de vaziyeti kurtarmaya kifayet etmiyor.

Demek ki iyi teşkilatlanmak lâzım!

ENVER PAŞA'NIN GİZLİ HATIRA DEFTERİ (9)
UY KARADENİZ!

Almanların Karadeniz'de ne yapmak istediklerine benim bir türlü aklım ermedi.

Biz Goeben zırhlısına Yavuz namını verip, içine de müttefik askerleri doldurup Karadeniz'e saldığımızda, donanma kumandanımız Amiral Souchon, her fırsatta, "Karadeniz'i Türk'ün gölü yapacağız," deyip duruyordu. Fakat, işte fâş ediyorum; her nasılsa, o gölde senelerdir uyumakta bulunan devi uyandırmaktan başka bir şey yapmadı. Filvaki, Amiral'e Karadeniz'i nasıl olup da bir Türk gölü haline getireceğini sual etmek de hatırıma gelmemişti.

Bizim bahriye kuvvetimizin vaziyeti, esasen 1880 senelerinde fena değildi. 15 zırhlımız, 11 kruvazörümüz, 40 torpido, 7 gambotumuz, 57 de muavin gemimiz vardı. Fakat bu kuvvet Ulu Hakan sayesinde 1900 senesine kadar Haliç'te yatmış, Yunan savaşında bir ördek filosu gibi ancak Çanakkale'ye kadar inebilmişti. Meşrutiyet zamanında, bizim bahriye kuvvetimiz fiilen karada vazife ifa ediyor, gemileri de kışla olarak istimal ediyordu.

Neyse…

Bu Almanların işine akıl sır erdiremedim dedim ya; Yavuz'la Karadeniz'e açıldıktan sonra gidip Rus şehirlerini bombardıman etti bunlar... Haberim yoktu diyemeyeceğim; fakat öyle zaruri hallerde haber verdiler ki, kararlarını tasdik etmekten başka bir şey elimden gelmedi. Tabii ki Ruslar da bombardımana cevap verdiler. Zonguldak, Sinop ve Trabzon gibi mamur şehirlerimizi topa tuttular. Hatta, Kasım ortasındaki Trabzon hücumlarında bir takım mizahî vakalar da vuku bulmadı değil. Mesela, kendi konsolosluklarının üst katını havaya uçurdular, Düyunu Umumiye'nin deposunu yerle bir ettiler... Bu bombardımanlar esnasında iki kişi hakkın rahmetine kavuştu, on sekiz mecruh hastanelere kaldırıldı. Mecruhlardan üçü kendi konsolosluk memurlarıydı. İlaveten, bir de Gavur Hamamını bombaladılar. Kadınlar günüymüş; Trabzon çarşısında yarı çıplak huriler oradan oraya koşuşturup durmuş...

Tabii, Ruslar bununla da kifayet etmedi; İstanbul Boğazı yakınlarına kadar gelip seyir hatlarına mayın döşediler.

Aralık nihayetiydi. Ben henüz Sarıkamış cephesindeydim, İstanbul'a avdet etmediydim.

Gece vakti gelen telgrafla derin bir eleme duçar oldum. Telgraf, bizim Yavuz ismini verdiğimiz zırhlıyla alakalıydı.

26 Aralık sabahı, kendisi de zırhlıda bulunan donanma kumandanımız Amiral Souchon, artık Karadeniz'de işinin bittiğine iman etmiş ve bir de herhalde Noel vesilesiyle Alman mürettebatı karaya çıkarıp sevindirmek istemiş olacak ki sabah emirnamesine "feslerinizi ütüleyin!" diye bir ibare koymuş. Mürettebat da, "demek ki İstinye'ye çıkılacaktır," deyu neş'eye gark olmuş... Amma hevesleri kursaklarında kalmış! Zırhlı, Boğaz'a pek de uzak olmayan bir mevkide sancak tarafından mayın yemiş, yan yatmış. Şükür Allah'a ki, ikinci bir mayın da iskeleden vurmuş ve zırhlı amudî halinden kurtulup eski haline dönmüş.

Ancak içi su dolu!

Bu vaziyette, sulara bata çıka İstanbul'a girmiş. Velhasıl, limana demir attığında, eski ihtişamından eser yokmuş.

O gün von der Goltz Paşa da zırhlıdaymış...

Zıpçıktı edipler, onun zırhlıda bulunmaklığıyla ve benim bîperva olmaklığımla alakalı, ancak kargaları tebessüm ettirecek pek çok yaveler uydurdular.

Güya Amiral Souchon'la beraber Harp Nezareti'ndeki odama gelmişler ve mel'un hücumdan dolayı teessürlerini beyan etmişler de, ben de Amiral Souchon'a, "aldırma Herr Amiral, o kadar delik sende de var, bende de var," demişim.

Hiç olacak şey mi?

Filhakika, Almanların Karadeniz'de ne yapmak istediklerine hâlâ akıl erdirebilmiş değilim.

ENVER PAŞA'NIN GİZLİ HATIRA DEFTERİ (10)

Benim Harbiye Nazırlığı'na intisap etmem vakası, bazı hasetçilerin öfkesini kamçılamıştır.

O vakitler otuz beş yaşındaydım. Vaziyet öyle icap ettiriyordu ki, üç gün içinde miralaylığa ve paşalığa terfi ettim. Esasen, benim zaviyemden, çok daha evvelinde, Balkan Harbi'nin başladığı tarihte terfi etmem lüzumu husule gelmişti; fakat şartlar icabı terfiimin tehirine karar vermek mecburiyetinde kalmıştım.

1914 senesinin Ocak ayı itibarıyla, şark cephemizin komutası müstakâr ve kavi bir idareye muhtaçtı ve bu idareyi ihtiyar kumandanların eline terk etmemiz intihar manasına gelecekti. İptida, Almanlarla ittifakı planlayacak ve organize edecek akıl fikirden mahrumdular. Sonradan pek çoğunu alaşağı ettim zaten; böylelikle vazifemin lüzumlu şartlarını ifa etmiş oldum. Bunlar 95 paşa ve 79 miralaydı.

Padişahımız Efendimiz, bu hususta en küçük bir kararsızlık dahi göstermedi. Masasına hangi kâğıdı koydumsa imzaladı. Beni 2 Ocak'ta miralaylığa, üç gün sonra da paşalığa terfi ettiren irade-i seniye şöyle idi ve şahsen kaleme almıştım:

"Harbiye Nazırı İzzet Paşa hazretlerinin vuku-i istifasına mebni Bingazi'deki hidemat-ı bergüzide ve fedakâranesinden dolayı zam olunan üç sene ile kıdemen miralaylığı ihraz eden Enver

Beyefendi'nin Balkan muharebatındaki fedakârlığına mükafaten üç sene daha kıdem zammile rütbesine mahsus müddet-i asgariyi ikmal etmiş olmasına ve miralaylıktan mirlivalığa terfi nizamnamesi mucibince keyfiyeti terfi intihap ile icra olunacağına göre mir-i mumaileyhin mirlivalıkla harbiye nezaretine tayinine irade-i seniye-i hazret-i padişahi şeref sadır olmuştur..."

Demek şu ki, benim Trablusgarp ve Balkan Harplerindeki fevkalbeşer gayretim müspet bir şekilde neticelenmiştir. Hasetçiler, bittabi bunu başka türlü tefsir edeceklerdir ve ettiler de...

Neymiş... Trablusgarp'a bir ordu bile sevk edememişiz... Balkanlar'da bir nefeste parçalanıp yenilmekten beter olmuşuz... Elbette haklılık payları vardır... Elbette vardır... Ben de bu günlerde bu hususta düşünmekteyim zaten.

ENVER PAŞA'NIN GİZLİ HATIRA DEFTERİ (11)

Aziz defter...

Bir insan bir harbi bir başına kaybedemez.

Yanında en az bir insan daha olması icap etmez mi, Allah aşkına?

Ben iki defa uçaktan düştüm... Yani, uçakla beraber düştük... Uçağın pilotu da vardı; çünkü uçaktan düşmek için bile yanınızda bir ademoğlunun olması lazımdır.

Ezcümle, harp ederken yalnız değildim. Hafız Hakkıgil, Talatgil, Cemalgil, hep benimleydiler...

Bakın, bu Cemal'in (Cemal Paşa'nın) bir Mısır sergüzeşti vardır ki, akıllara seza...

Dördüncü Ordu kumandanıyken, Mısır'ı almaya beni de ikna etmişti. Kanalın garbındaki 150.000 kişilik (yazıyla yüz elli bindir) İngiliz mevcudunu hor görüyordu.

"Nasıl baş edeceksin?" dedim.

"Kafi miktarda mevcudumuz var, onlarla Mısır'a intikal edeceğiz," dedi.

"Nedir?" dedim.

"328 manda, 194 katır, 6.000'i mütecaviz deve," dedi.

"Daha?" dedim. "Harbinizi hayvanlarla kazanmayı düşünmüyorsunuz ya!"

"Zabitler dahil 14.000'i mütecaviz asker," dedi.

"Buna mı itimat ediyorsun?" dedim.

"Hayır, Allah'a," dedi.

Hal böyle olunca boyun eğdim.

"Var git, ne halin varsa gör," dedim.

Gördü. Hepimiz gördük.

Suriye ve Arabistan valisi sıfatıyla yola çıktı. Zihninde Mısır Padişahlığı hayalleri taşıdığını o vakitler nereden ve nasıl bilebilirdim ki? Neyse...

Daha İskenderun havalisindeyken, müşkülat başlamış. Müşkülat ama ne müşkülat! Hele bir Katma tren istasyonuna vaslı var ki, doğrusu, görmelere değer...

Sonradan bu seyahatine şahit olanların anlattıklarına binaen, vaziyet şöyle cereyan etmiştir:

Cemalgil Konya vilayetimize kadar trenle gelmiş. Adettendir ya, her istasyonda alâyı vâlâ ile karşılanmış. Valiler, subaylar, fener alayları, talebe sürüleri... Sonra, Pozantı tünelinde tren yolu bitince otomobillere binmişler, Tarsus'a kadar otomobille gelmişler. Sonra tekrar trene ve tekrar otomobile... Fakat Toprakkale civarında otomobiller çamura saplanınca, atlarla devam etmişler. Alman Albay von Frankenberg de yanındaymış; zikrettim ya, kimse bir harbi bir başına kaybedemez diye... Neyse...

Bunlar Dörtyol nahiyesinde tekrar tren yoluna çıkmışlar amma tren olmadığı için bu defa bir drezine binmişler, İskenderun'a vasıl olmuşlar. İskenderun'da yallah tekrar otomobillere... Eh, yol büyüdükçe müşkülat da büyümüş, haliyle. Halep yolu yağmur sebebiyle hendek gibiymiş. Katma istasyonuna yüz adım kala otomobiller çamura saplanmış. Bizimki otomobilden inmiş, paçalarını sıvayan bir neferin sırtına binmiş!

Katma tren istasyonu o akşam ziyadesiyle kalabalıkmış. Ne de olsa gelen zat mühim biri, Osmanlı'yı idare eden üç büyük zattan bir tanesi... Nitekim, nihayetinde akşam karanlığının içinden kalabalığa doğru işte bu zat çıkagelmiş... Paf-ı puf eden bir neferin sırtında... Kalabalıkla deve güreşine tutuşmak ister gibi.

Nefer, çamurlardan kurtulunca yükünü indirivermiş. Kalabalık şaşkınlığı üzerinden atmakta bir vakit gecikmiş amma, nihayetinde heyecana gark olmuş ve tezahürata başlamış. Cemalgil de onlara şöyle seslenmiş:

"Ulu vazifemizin büyük meşakkatlerle dolu olduğunun şuuru içindeyim... Taarruzumuzda muvaffak olamaz da benim ve yanımdaki kahramanların cansız vücutları Süveyş kanalında kalırsa, arkadaki vatanperverler ölülerimizin üstünden geçerek Kanal'ı geçer ve Mısır'ı İngilizlerin elinden kurtarır..."

Artık, kalabalık buna nasıl bir cevap verdi bilmiyorum. Yalnızca Kanal'da vuku bulan hadiseleri biliyorum ki, doğrusu, bilmek de istemezdim...

Bir gün orada olanlar hakkında da yazmayı umut ediyorum. Allah izin verirse.

ENVER PAŞA'NIN GİZLİ HATIRA DEFTERİ (12)

1914 Aralık'ının son günleriydi. Çerkezköy garbında mevzi tutmuş, Sarıkamış'ı Ruslardan teslim almak için bütün imkânları seferber etmiştik. Harp sanatını hakkıyla icra etmenin tam sırası ve vaktiydi. Küçük bir hata, bîkarar bir hareket ve manasız korkular tarihin mecraını değiştirecekti.

Hedefe tamamıyla vasıl olma azmine sahip kâmilen teşkilatlanmış bir harekete ihtiyaç hissediyorduk. Oturup ahvali münazara etmek de fayda teşkil etmeyecekti. Artık şahısların ve tefekkürün bu bahiste yeri yoktu.

29. Tümen, bir gün evvelki muharebede muvaffakiyet gösterememişti. Sebebi nedir diye kendi kendime sorduğumda aşikâr bir cevap bulmakta zorluk çekmedim. Ne olabilir? Tabii ki zabitlerin muvaffakiyete olan imansızlıkları ve uyuşukluklarıydı… "Öyleyse haydi!" dedim, "bütün zabitler birliklerinin en önünde muharebe edecek!"

Koşuştular, ortaları toparladılar, kerhen de olsa bir gayretkeşlik edasıyle atlarını tepindirip harp nizamına geçtiler.

Netice ne oldu?

Yine beceremediler…

Ben de harp meydanındayım; elbette ahvali takip edeceğim. Baktım, hücum esnasında bir mülazım yere oturmuş, kara kara düşünüyor.

"Alın bunu, götürün idam edin," diye emir verdim.

On sekiz yaşında ya var ya yok bir oğlan. Mesuliyetindeki on kadar neferle Rus mevzilerine hücum etmiş, neferleri şehit olmuş, kendi olmamış. Harp okulundanmış, gönüllü gelmiş. Gelmeseymiş.

Bu oğlanı idam etmemek için zabitlerin ne kadar telaş gösterdiklerini görseniz, Sarıkamış'ı niçin alamadığımızı anlardınız. Belki unuturum yahut affederim zannıyla Harp Divanı'nın teşkilini bahane ettiler. Oğlanı benden sakladılar, uzaklaştırdılar.

Fakat ben de Galip Paşa'ya gidip çıkıştım.

"Mülazımı idam ettiniz mi?" dedim.

Efendim, muhakemesi yapılacakmış, ifadesi alınacakmış nev'inden beyanda bulundular.

"Ne ifadesi, ne muhakemesi," dedim. "Derhal idamını emrediniz!"

Neticede bu bir harp işidir ve lüzumu neyse o görülür. Bu durumda daha fazla mukavemet edemediler; benim ve General Bronsart'ın huzurunda oğlanı idam mangasının karşısına çıkardılar.

Fakat inanamadım.

Neferlerin elleri titriyordu, oğlana acıdıkları her hallerinden belli oluyordu. Manga çavuşu "nişan al, ateş!" derken neredeyse fısıldar gibi konuştu.

Biz bu mangalarla harp ettik işte! Sarıkamış'ı bu sebeplerle Ruslardan alamadık. Böyle biline!

Ne olacak? Bir, iki titredi, öldü. Hepsi bu kadar.

Ama Osmanlı, o ve onun gibiler yüzünden tarihî kaderin dışında kaldı.

ENVER PAŞA'NIN GİZLİ HATIRA DEFTERİ (13)

Harp nedir? Harp esasen düşmanla cidal demek değildir. Harp muhariplerin kendi kendileriyle cidalidir. Bu cidalin altından kalkacak teşkilat ve ruhu teessüs edebilirseniz hakiki düşmanı galebe çalmaya da muvaffak olursunuz.

Benim ordularımın başına öyle işler geldi ki, bir ordunun kendi kendiyle harbetmesine bunlardan daha güzel emsal bulunmaz.

Şark harbi esnasında, bir defasında, Oltu cihetinde yürüyüşe geçmiş olan otuz ikinci tümenden bir haber gelmişti.

Bunlar, Zerdeniş köyü yakınlarında Ruslarla temas ettikten sonra Narman Boğazı'na doğru hareketlenmişler. Yolda büyükçe bir birlikle tekrar temas etmişler. Tümenin başındaki Albay Abdülkerim Bey hiç düşünmeden saldırı emri vermiş. Bir zaman çatışmışlar; sonra da taarruz menziline vasıl olmak üzere siper atlamaya başlamışlar. Fakat düşmana yaklaşınca bir takım tuhaflıklar peydahlanmış.

Düşmanın esvabı bizimkilere benziyormuş. Nefer vaziyetten şüphelenmiş, ateş emrinin hilafına hareketlerde bulunmuş. Karşı taraf da ateşi azaltmış. Derken karşı taraftan biri siperden doğrulmuş, korkusuzca ileri yürümüş. Sonra ateşkes boruları çalmış. İki taraftan neferler birbirlerine koşmaya, sarılmaya, ağlamaya başlamışlar.

Meğer Albay Abdülkerim'in düşman diye bellediği, otuz birinci tümenin ta kendisiymiş…

Bu cidal esnasında iki bin nefer ve zabitin şehit düştüğünü söylesem inanır mısınız?

Bir de ben vukuattan haberdar olur olmaz, otuz ikinci tümene yardıma gitmesi için yirmi sekizinci tümene bir telgraf çektim tabii... Şayet ordular birbirlerini tanımasalardı da, yirmi sekizinci tümen zamanında vaka mahalline intikal etmiş olsaydı şehit sayısı on binin fevkinde olacaktı...

Ama ben yine de, zamanında hareket etmediği için yirmi sekizinci tümen komutanı Albay Ethem Bey'i şiddetle azarladım...

Bu vakadan tam bir ay evvel de otuz üçüncü tümen benzer bir belaya uğramıştı. Yüzveren köyü yolunda avare gezen bir aşiret süvari alayı, ganimet maksadıyla köyü basıyorum diye tümenin çadırlarını basmıştı o vakit. Tabii tümen muhafızları tetikteymişler... Dünyayı dar etmişler aşiret alayına...

Harp bu... Böyle şeyler olacak...

Kendinle harp etmeyi bilmiyorsan düşmanla harp etmeyi de öğrenemezsin.

UYGARLIK NEDİR SAYIN OTORİTE?

Sayın otorite!

Size uygarlık hakkında sorular sormak istiyorum.

Fakat yanıtlarınızın, şu uygarlık tanımları antolojisinde ilk elde karşıma çıkan yanıtlara benzemesinden korkuyorum.

Bu yüzden, antolojinin oluşumu ve son iki yüzyılda zenginleşen içeriği üstüne pek çok şey söyleyebileceğinizi bildiğim halde bunu sizden istemeyeceğim.

Her çağın kendi sosyo-ekonomik "doğasıyla" anıldığına ve her çağın bu doğaya ilişkin benzersiz kodları olduğuna ilişkin saptamalarınızın doğruluğundan kuşkum yok. Ancak benim sorularımın benzersizliklerden ve özgünlüklerden çok, insanın ve onun sosyal davranışlarının sürekliliğinin, kesintisizliğinin göz ardı edilmediği vurgulamaları içeren yanıtlara ihtiyaç duyduğunu belirtmeliyim. Ne gariptir ki, tarihsel süreklilik beni, özgünlüklere olduğu kadar, üst kültürel giysisinin altındaki çıplak insanın uygarlığına ait tanımlara da yönelmem için kışkırtıyor.

Sayın otorite!

Felsefe, bireyin ve toplumun gösterdiği sömürme, yok etme, sindirme ve buna benzer davranışları, biyoloji biliminin doğayı ele alışına benzer bir yaklaşımla mı incelemeli? Yoksa, var olan durumu onaylamaya ihtiyaç duymadan, özgürce eleştirmenin yollarını mı aramalı? Uygar normların, bu davranışları, insanın doğasına yönelik iyileştirici müdahalelerle düzenleyebileceği noktasından mı hareket etmeli? Eğer bu bir gerçekliğe dayanıyorsa, bizzat uygar normların düzenleyip koruduğu sömürüyü, yok etmeyi ve sindirmeyi nasıl anlamalı? Yoksa uygarlığın en acımasız düşmanı uygar normlar mı? Başka bir açıdan, uygarlık bir ütopya mı?

Sayın otorite!

Bir uygarlığı özgün kılan şey, kendinden öncekilerden farkı mıdır? Onu ötekilerle benzer kılan şey onlara verdiği onay mıdır? Tıpkı dinî kitapların birbirlerine verdikleri onay gibi.

Uygarlığın tanımlanmasında, dini tanımlarken kullandığımız kelimelerden başka kelimelere neden ihtiyaç duymuyoruz sayın otorite? Uygarlık din midir, inançlarda, sözlerde mi yaşar? Önce felsefi olarak mı örgütlenir, sonra empoze mi edilir, daha sonra düşünce alanının bütün özgürleştirici motifleri ona mı projekte edilir?

Uygarlık totem midir, kutsal mıdır? Dokunamaz mıyım?

Sayın otorite!

UYGARLIK HAKKINDA (2)

Sayın otorite!

Size yine uygarlık hakkında sorular sormak ve bunun tarih adı verilen bilgilenme biçimiyle ilişkisi konusundaki kuşkularımı dile getirmek istiyorum.

Bu sabah erken saatte ter içinde uyandım, sayın otorite.

Düş görmüşüm.

Düşümde Irak vatandaşı bir gazeteciydim. Basra'da, geniş, manzaralı ve modern sayılabilecek bir apartman dairesindeki odamda ertesi gün yayınlanacak yazımı kaleme alıyor, şarap içiyordum. Dışarda Ahmet Haşim'in meram ettiği türden engin bir laciverdî karanlık vardı ve ben huzur içindeydim.

Fakat uyanınca, düşümün etkisiyle kafamda pek çok soru işareti belirdiğini itiraf etmeliyim. Çünkü düşümde, üstünde yaşadığım toprağın, hukuki haklarımın ve yaşam standartlarımın iyileştirilmesi ve çağa uygun hale getirilmesi için işgal edildiğine inanıyordum. Bununla da kalmıyor, aynı konuda sevgili okuyucularımı da ikna etmeye çalışıyordum. Böyle bir sorumluluk almış olmam ve bu sorumluluğun sonuçlarına katlanacağımı beyan etmem, etik tutarlılığım açısından yeterliymiş gibi görünüyordu.

Bu düş benim kafamı karıştırdı, sayın otorite!

İçinde bulunduğum insan topluluğunun ortak bilgisinin geleceğimi garanti altına almış olmasına ilişkin inancımın budalalık olup olmadığı konusunda kuşkuya düştüm. Düşümde bir Iraklı olarak yaşadığım deneyim acaba gerçek hayatta da başıma gelir mi diye korktum. Ve eğer başıma gelirse nasıl bir tavır takınacağımı size sormayı uygun buldum.

Biliyorsunuz, ben aslında basit bir hayat yaşıyorum. Sabahları kalkıp işime gidiyorum, akşamları evime dönüyorum. Temel ihtiyaçlarımın günümüz standartlarında karşılanmasından başka bir beklentim yok. Yani, yurttaşlık haklarımın uluslararası anlaşmalara uygun biçimde temin edilmesini, teknolojinin nimetlerinden orta düzeyde yararlanmayı ve yararlanmak için eğitilmeyi ümit ediyorum.

Şimdi, size sormak istediğim soru şudur, sayın otorite: politika, bilim ve felsefe, düşümdeki Iraklı gazetecinin yazılarını okuyan sıradan Iraklıların ihtiyaçlarının karşılanması sürecinde taraf mıdır, yoksa seyirci midir? Düşümde gördüğüm kadarıyla taraftı, seyirci değildi; çünkü ben buna inanıyordum, Irak'a "uygarlığın" götürüldüğü konusunda samimi bir saplantım vardı. Fakat, gerçek durumun ne olduğunu hâlâ bilmediğimi söylemeliyim. Zira, teknolojinin ve hukukun cihanşümul bir adalet fikrinin eşliğinde gerçekleştiği konusunda kuşkularım var.

Meselâ, teknoloji ve hukuk, kültürel, dinî ve politik önyargılardan ve uzun tarihsel süreçler içinde eğilip bükülmüş yönlenmelerden muaf mıdır, sayın otorite? Ve aslında, adalet fikrini yalnızca yerel diktatör karikatürleri mi ayaklar altına alır?

Bu açıdan baktığımda, bir kez daha sorma gereği hissediyorum, sayın otorite: uygarlık sahiden var mıdır? Çin, Hint, Helenistik, Aztek, Osmanlı, Batı... Sakın bunlar, sosyal ve tarihsel önyargılarımızın tezahürleri, birkaç hecelik hayret nidalarımız olmasın?

Tarih kitapları yüzlerce Irak'tan ve yüzlerce Amerikan hükümetinden söz etmiyor mu, sayın otorite? Bu durumda, uygarlığın ancak bir ayrıklık ve politik baskınlık ifadesi olduğunu söylersem çok mu haksızlık etmiş olurum? Günün sorunlarına ad bulmakta bile zorlandığımız dönemlerde geriye dönüp bakamıyor ve gelecekle ilgili projeksiyonlara güven duymuyorsak, adına tarih denen bu bilgilenme biçimi ne işe yarar, sayın otorite? Biricik işlevi, nasyonalizmin, kültürel dayatmacılığın, geleceğini teminat altına almaya çalışan ve bunu yaparken silah kullanan birkaç ulusun ya da birkaç kavmin, aktüel sosyo-politik durum ve tutumları, kendi elleriyle düzenledikleri normlara bağlama açlığını doyurmak mıdır? Ezcümle, uygarlık sorunsalına bağlı olarak, tarih, soysuz grup çıkarlarının dile getirilmesine yarayan spekülatif bir sözcükler yığını mıdır?

Tarih, hakikaten bir meydan savaşı değil midir, sayın otorite? Tüccarların ve silahlı adamların sahneye koyduğu kaba bir oyun, bir Ortaçağ farsı mıdır? Bir animasyon mudur, "uygarlığı" yalnızca olumlamaya yarayan bir kapalı devre fikir sistemi midir? Dominantları izleme alışkanlığımız mıdır? Politikanın büyüsüne kapılmış sosyal bilginin uyurgezer ve tehlikeli yürüyüşü müdür? Bond filmlerindeki deli profesörün kafasından geçenleri besleyen sevimsiz bir gıda mıdır? Yalnızca kendini seçilmiş hissedenlere ait uygarlık alanını tanımlamaya mı yarar?

Uygarlık, yaşadığı, tanık olduğu her şeyi türlü saikle ve en başta korkuyla olumlayan bir insanın hayretler içinde bakakaldığı bir ışık ve renk oyunu mudur? Benim düşüm gibi bir şey midir?

Bana her şeyin iki yüzü olduğunu söyleyin, sayın otorite!

Buna inanacağım.

UYGARLIK HAKKINDA (3)

Sayın otorite!

Size terör ve uygarlık ilişkisi hakkında sorular yöneltmek istiyorum.

Uygarlık tarihi, biliyorsunuz, insan yaşamını kolaylaştıran ve iyileştiren gelişmeleri olduğu kadar ve belki de bundan daha çok, merkezî otoritelerin siyasi çatışma alanlarını inceler. Bu açıdan baktığımızda, İsa'dan bin iki yüz yıl önce, Muvatallis'le İkinci Ramses'in savaşında, Mısırlıların, içme suyu kuyularına zehir dökmüş olmalarına gösterdiğimiz tepkinin, piramitleri izlerken duyduğumuz hayranlıkla akraba olduğunu söylememiz kolaylaşmıyor mu? Ayrıca, zamanının savaş kurallarına bile aykırı olan bu terörist girişim de, piramitlerin içimizde uyandırdığı uygarlık ve ilerleme fikri gibi, ahlaki ilkelere dayanan açıklamalara ihtiyaç göstermiyor mu? Çünkü terör de ahlakidir, sayın otorite. Haklılığı ahlaki motiflere dayandırılır ve hükümlerini bu motiflerin eşliğinde doğurur. Ulusal varoluş fikrinde, sınıfsal devamlılık ve iktidar zemininde, doğrulanamayan ve ahlaki olarak sınanmaya müsait olmayan felsefi ve dinî zeminlerde hayat bulur. Bir grubun, bir çevrenin ve çoğunlukla bir ulusun ya da ümmetin mevcudiyetini devam ettirme ihtiyacını gideren düşüncelere hizmet eder.

Sorum, terörün, tarihsel olarak, yönlendirilemez ya da en kötü ihtimalle kontrol edilemez bir siyasi girişim olup olmadığıdır, sayın otorite. Birinci ve ikinci dünya savaşlarının sonlarında oluşan Cemiyet-i Akvam ve Birleşmiş Milletler fikri, ulusal hükümetlerin sürekli bir barış için neler yapabileceklerini ve nasıl etkili olabileceklerini göstermeleri açısından ilginç değil midir? Evet, belki aynı dönemde, aynı ulusal hükümetlerin terörü beslediği ve onayladığı da görülmüştür ve belki de barış idesinin kadük kalmasında başlıca rolü de bu oynamıştır. Ancak, kural olan şey, uluslararası anlaşmalara bağlılığı temin eden genel bir konsensusa sadık kalma fikrinin kabul görmüş ve daha önce hiç onaylanmadığı ölçüde onaylanmış olmasıdır.

Şimdi, terörü bu tarihsel çerçevenin dışında, merkezî otoritelerden bağımsız, başıboş bir sapma olarak değerlendiren ve oldukça kabul gören düşüncelerin ışığında, yirmi birinci yüzyılın başında olan bitenleri anlamakta zorluk çekiyorum, sayın otorite. Güncel siyasetlerin büyüsüne kapılıp kaybolmak istemiyorum. Kızılhaç'ın Irak'ı terk etmesini, Türkiye'nin Suriye'yi susuz bırakma tehdidini, finans sermayesinin gelişmemiş ülkelerin borçlarını uluslararası güvenlik politikalarının başlıca dinamiği haline getirmesini, hükümetlerin gecikmiş bir Ortaçağa özgü çözümlerini Ortadoğu'yu cehenneme çevirme pahasına dayatmalarını gerekçelendiren haklılıkları anlamıyorum.

Hayatı topyekûn bir savaş alanı olarak görenler, grup çıkarlarına uygun çözümler üretmekte gösterdikleri korkuya benzer duyarlılıklarında haklı mıydılar, sayın otorite? Afganistan'da Taliban'ı besleyip büyüten yalnızca siyasi coğrafyanın özellikleri midir? İslamcı kardeşlerimizi Mısır'daki ulusal hükümetlere karşı kışkırtan, siyasal İslamcı grupları Baas'a alternatif olarak besleyen, El Kaide'yi o coğrafyanın kaçınılmazları arasına sokan şey nesnel tarihin bir şakası mıdır? İki büyük savaş boyunca bu coğrafya, global akıntıların dışında mı kalmıştır ki, şimdi, yirmi birinci yüzyılın başında, yalnızca kendi potansiyellerinin açığa çıkardığı bir siyasi oluşa beşiklik etsin!

Uygar ve merkezî otoriteyi hesaba katmayan, terörü bağımsız ve tamamen öngörülemez bir şey olarak ele alan siyasi analizler hangi inandırıcı argümanlarla desteklenebilir, sayın otorite? Bir fanatik grup, bir meczuplar topluluğu, büyük çıkarların at oynattığı tarihsel alanda gerçekliğe yön verebilir mi? En karanlık çağlarda, insanoğlunun önünü göremediği zamanlarda uygar otoritenin iktidar alanını aşan, tarihsel dinamiklere yön veren bir girişim oldu mu?

Avusturya Prensini öldüren gerçekten bir Sırp mıydı? Yoksa uygar siyasetin sıradan bir Sırp'a olan ihtiyacı mıydı, sayın otorite?

Terörün büyüklüğü, çapı sakın bizi yanıltıyor olmasın, sayın otorite? Bir paradigma, "uygarlığın" iyi bir şey olduğuna duyduğumuz inanç, gözlerimizi bağlıyor olmasın?

ORMANDA SOSYOLOJİ

ZAGOR: "Dün gece bir kâbus gördüm, şişko."

ÇİKO: "Hayırdır..."

ZAGOR: "Bir toplantı salonundaydım. Salon kalabalıktı ve kalabalığın arasında tanıdık simalar da vardı."

ÇİKO: "Ben var mıydım?"

ZAGOR: "Hayır, sen yoktun sevgili şişkom. İki çocukluk arkadaşım vardı. Biri yanımda diğeri de önümdeki sandalyede oturuyordu. Arkamdaysa Emre Kongar'la Johann Sebastian Bach yan yana oturuyorlardı. Bir de Bayhan'la Armağan vardı."

ÇİKO: "Bunun nesi kâbus, peki? Düpedüz eğlenceli bir rüya görmüşsün."

ZAGOR: "Fonda sürekli Toccata çalıyordu."

ÇİKO: "Rüyanı kâbus yapan bu muydu?"

ZAGOR: "Tabii ki hayır, Toccata'yı bana sen sevdirmiştin, hatırlamıyor musun?"

ÇİKO: "Hatırlamaz olur muyum? Kaçınılmaz bir sevgiydi!"

ZAGOR: "Galiba öyleydi... Ormandan ayrılıp iki haftalık bir gezi için Çayenlerin bile çıkamadığı bir dağa çıkmıştık. Yanımızda senin pilli pikabını da götürmüştük ama pikabın içinde unuttuğumuz Toccata'dan başka bir plak almayı akıl edememiştik."

ÇİKO: "Evet, gidişimiz biraz acele olmuştu sanırım."

ZAGOR: "İki hafta boyunca Toccata dinlemiştik..."

ÇİKO: "Eh, dedim ya, kaçınılmaz bir sevgi! Ama rüyanı kâbusa dönüştüren şeyin ne olduğunu hâlâ söylemedin."

ZAGOR: "Acele etme, söyleyeceğim... Başlangıçta her şey yolunda gidiyordu. Toplantıda hangi konuların konuşulduğunu hatırlamıyorum ama sakin bir hava vardı. Herkes birbirini dinliyor, saygı gösteriyordu. Bir ara yanımda oturan çocukluk arkadaşım, can sıkıntısından olsa gerek, tabancasını çıkarıp oynamaya başladı."

ÇİKO: "Bunu yapmaması gerektiğini söylemedin mi?"

ZAGOR: "Evet, bu bir rüya olsa da söyledim ama yalnızca oynamakla kalmadı, silahı sağa sola doğrultup defalarca tetiği çekti. Bereket versin silah boştu. Silahın boş olduğunu herkes biliyordu ve bu yüzden durumu önemsemiyorlardı. Ben de biliyordum, şeytan doldurur diye korktum, yerine koyması için onu uyardım."

ÇİKO: "Koydu mu?"

ZAGOR: "Evet, koydu... Şaka yapıyordum, dedi. Gülümsüyordu."

ÇİKO: "Rüyanı kâbusa dönüştüren şey bu muydu?"

ZAGOR: "Hayır, acele etme! Bayhan, toplantı salonuna limuzinle gelmişti. Çevresinde yirmi kadar silahlı adam vardı. Görünüşü ve tavırlarıyla bir şarkıcıdan çok bir mafya liderini andırıyordu. Ancak suskundu. Bu suskunlukla Emre Kongar çok ilgilendi."

ÇİKO: "Mafyanın suskunluk yasasını bilir misin? Belki ona uyuyordur!"

ZAGOR: "Dalga mı geçiyorsun, şişko?"

ÇİKO: "Hayır, Balta! Suskunluğunun nedeni bu olabilir diye düşündüm. Rüyanı kâbusa dönüştüren şey de bu olabilir."

ZAGOR: "Hayır, acele etme! Önümdeki sandalyede oturan diğer çocukluk arkadaşımın yanında Armağan oturuyordu. Sonra Armağan da tabancasını çıkardı ve oynamaya başladı. Ön sırada oturan

Bayhan'a doğrultup duruyordu silahı. Onun da şaka yaptığını düşündüm. Herkes öyle düşünüyordu."

ÇİKO: "Sonra?"

ZAGOR: "Sonra yerinden kalktı, ortalara doğru ilerledi. Sanırım o sırada toplantıya ara verilmişti ama kimse salonu terk etmemişti."

ÇİKO: "Sen terk etmek mi istiyordun?"

ZAGOR: "Efendim?"

ÇİKO: "Yani, çişin filan mı gelmişti? Hani Tarkan'ın çişi gelmişti de Savaş abi onu azarlamıştı ya! Böyle bir şeyden mi korktun? Rüyanı kâbusa dönüştüren şey bu muydu? Çünkü o durum biraz kâbusa benziyordu."

ZAGOR: "Hayır, çişim gelmemişti, acele etme! Armağan orta sıralara gidince yüzünü bize doğru döndü. Silahı elindeydi ve bu kez boş olduğundan emin değildik. Kolunu bana uzatıp fısıldayarak 'pam pam' diyordu. Şaka gibiydi, herkes şaka olduğunu düşünüyordu. Fakat bakışlarındaki o şey..."

ÇİKO: "Ne vardı bakışlarında?"

ZAGOR: "Tuhaftı... Yani, tuhaf bir ciddiyet vardı. Bazen, anlık pırıltılarla bu ciddiyet belirgin hale geliyordu. Bunun farkına varan yalnızca ben değildim. Silahı tam yüzüme doğrultuyordu, beni öldürmek istiyordu... Eğer yaptığı şakaysa, en azından şakacıktan ölmemi istiyordu. Çocukluk arkadaşlarım olayın vahametini kavramışlardı. Yanımda oturan arkadaşım ön sıraya geçti ve öndeki arkadaşımla birlikte vücutlarını bana siper ettiler."

ÇİKO: "Sonra?"

ZAGOR: "Armağan garip oyununu sürdürüyordu. Yüzüne o bildik gülümseme yapışmıştı. 'Ben böyle mutluyum' fikrini bütün açıklığıyla anlatıyordu, porno gibiydi. Oturduğum bölgeyi gözleriyle delice tarıyor, beni seçmeye çalışıyordu. Delice gülüyor, delice bakıyordu. Sanki delilik onun gülüşüyle meşrulaşmış ve hastalık olmaktan çıkmış gibiydi. Akşam ebesinden kaçar gibi ya da akşam ebesinin kendisi gibi, sandalyelerin arasındaki koridorda ileri geri, sağa sola hızlı adımlarla koşuşturuyordu. Artık kesin emindim; namlunun ucunda beni görmek istiyordu."

ÇİKO: "Rüyanı kâbusa dönüştüren şey bu olmalı!"

ZAGOR: "Hayır, acele etme!"

ÇİKO: "Peki ne?"

ZAGOR: "Bir ara omuzuma bir şey dokundu. Dönüp arkama baktım. Johann Sebastian Bach'ın başı omuzuma düşmüştü. Emre Kongar kaygı içinde onu dik tutmaya çalışıyordu ama başaramıyordu. Bach'ın burnunda kıpkırmızı bir kurşun deliği vardı."

ÇİKO: "Ne diyorsun? Bach öldü mü?"

ZAGOR: "Evet, öldü... Fakat silahın sesini duyduğumu söyleyemem... Kimse sesini duymadı... Yalnızca, dedim ya, pam pam!"

ÇİKO: "Rüyanı kâbus yapan şey bu muydu?"

ZAGOR: "Hayır, acele etme!"

ÇİKO: "Peki neydi, söyler misin?"

ZAGOR: "Bilmem! Bak, şimdi kâbusmuş gibi görünmüyor, inanır mısın?"

ÇİKO: "Balta!"

ORMANDA ADORNO VE ŞİİR ÜZERİNE

ZAGOR: "Dün gece Adorno'yu okurken bir cümlesini anlayamadım Çiko."

ÇİKO: "Nedir o? Şu Mahler üstüne söylediklerinden mi söz ediyorsun? Biliyorsun, o adama katlanamıyorum; dinleyince boğuluyorum, kendimden kaçmak istiyorum. Dördüncü senfoniyi dinledin mi? Eşeğim ölse çırpınışları daha az acı verir bana."

ZAGOR: "Lütfen alçak sesle konuş, ormanın kulağı var. Kimsenin beni cahil bir İrlandalı olarak tanımasını istemem. Tabii, seni de Meksikalı!"

ÇİKO: "Ama ben Meksikalıyım!"

ZAGOR: "Cahil bir Meksikalı, demek istedim. Hem Mahler'den söz etmiyordum zaten. Hiç anlamadığım bir şey varsa o da müziktir. Çocukluğumda annemin öğrettiği zavallı Molly Malone'un öyküsünü anlatan şarkıdan başka şarkı bilmem."

ÇİKO: "Peki, aklına takılan Mahler değilse nedir? Ben de Adorno okudum ama bu konunun dışında, en azından, anlaşılmaz bir şey göremedim."

ZAGOR: "Evet, öyle de denebilir. Ben diyemem tabii ama diyenler vardır ve sen de onlardan biri olabilirsin. Kafama takılan şeyse, şu Auschwitz meselesi! Auschwitz'ten sonra gerçekten şiir yazılmaz mı?"

ÇİKO: "Seni üzen şey bu mu?"

ZAGOR: "Hayır, üzülmedim, yalnızca anlayamadığımı söyledim."

ÇİKO: "Yani sen anlayamadığın zaman üzülmüyor musun?"

ZAGOR: "Öyle de denebilir, evet, üzüldüm. Bilirsin, ben de küçük defterime şiirler karalıyorum... Bu sözler kendimi suçlu hissetmeme neden oldu."

ÇİKO: "Yalnızca bu yüzden mi üzüldün? Tam olarak ne demişti Adorno?"

ZAGOR: "Söyledim ya, Auschwitz'ten sonra şiir yazılmaz demişti."

ÇİKO: "Yahudi miydi?"

ZAGOR: "Kim? Adorno mu? Bunu söylemek için Yahudi mi olmak gerekiyor?"

ÇİKO: "Hayır ama Adorno'nun Yahudi olmadığını bilirsek önyargılı davranmaktan ve düşünmekten kurtuluruz. Takdir edersin ki, bilgi kurtarıcıdır. Onun sözlerine gelince... Sanıyorum, düşüncenin dehlizlerinde kaybolmaktan korkmayan adamların sarf edebileceği türden bir lâf bu! Belli ki faşizmi lânetlemek istiyor ve bunun için şiiri bile feda ediyor. Ama dikkat et, felsefeyi değil, şiiri! Frankfurtlulara doğum kayıtlarıyla öncelikli yazılmış birinden daha fazlasını bekleyemeyiz, öyle değil mi?"

ZAGOR: "Öyle de denebilir."

ÇİKO: "Sen de ilham kokusu alıyor musun?"

ZAGOR: "Efendim?"

ÇİKO: "İlham kokusu, diyorum, alıyor musun? Çünkü bu sözlerle gerçeğin ikiye bölünmek istendiğini hissediyorum; ilham veren ve vermeyen! Durumu başka türlü açıklayamıyorum; Auschwitz'i gerçekliğin bir parçası olmaktan çıkaran şey nedir ki? Belki şiirden yanlış anlıyordu, kim bilir? Anlamıyordu demiyorum, yanlış anlıyordu.

Ve şiirin bilinçaltını dile getirdi. Auschwitz'de bağlar yakılıp yıkıldı, gökyüzü karardı, esin perilerinin külleri havaya savruldu ve artık Baküs rahipleri tören yapamayacak! Çünkü esinlenebilecek değerde bir gerçek kalmadı!"

ZAGOR: "Adorno böyle mi demek istedi?"

ÇİKO: "Sanmam! Bu yalnızca dediğidir, demek istediği farklı olabilir. Şiirin, bilginin bir biçimi olduğunu filozoflardan iyi kim bilebilir? Şairler mi? Çok gülerim! Asıl kafama takılan nokta, niye felsefeyi değil de şiiri feda ediyor? Felsefenin ilham perilerine ihtiyacı olmadığını mı düşünüyor dersin? Ya da şiir felsefe kadar soylu değil mi? Yoksa daha mı soylu? Önce soyluları mı gemiden atmalı? Sana bir şey söyleyeyim mi, çoğu zaman, felsefe okuyanların okuduklarından anladıkları, filozofların yazdıklarından daha önemlidir. Ayrıca filozofların da boş bulundukları, mükemmel olmadıkları zamanlar vardır ve bu zamanlarda oraya buraya çekiştirilebilecek şeyler karaladıkları olur."

ZAGOR: "Yani ben okuduğum hiçbir şeye güvenemeyecek miyim?"

ÇİKO: "Önemli olan okuduğunu anlamaya çalışmandır Balta, ona güvenmen ya da inanman değil. İstersen öyle yapalım, Adorno'yu anlamaya çalışalım!"

ZAGOR: "Ben Kızılderililer arasında büyümüş bir İrlandalıyım, Adorno'yu anlayabilirim."

ÇİKO: "Bana kalırsa, Adorno'nun sözleri, Auschwitz vahşetinin ağırlığını ve insanoğlunun kültürel yaşamındaki geri dönüşsüz travmayı açıklamaya yönelik. Bu, tarihi bir kırılma noktasıdır, demek istemiş olabilir. Ama tarihte bu tür kırılma noktaları o kadar çok ki, her biri için bir bilgiyi feda etseydik bugün orman yaratıkları gibi yaşardık."

ZAGOR: "Ne demek istiyorsun? Biz ormanda yaşıyoruz zaten!"

ÇİKO: "Evet, Ottawalar gibi, Mandanlar gibi... Ama asla Meksikalılar gibi değil, Karamba Karambita!

ZAGOR: "Anlıyorum!"

ÇİKO: "Neyi anlıyorsun? Adorno'yu mu beni mi?"

ZAGOR: "Aynı şeyi söylemiyor musunuz?"

ÇİKO: "Bilmem, öyle mi görünüyor?"

ZAGOR: "Peki, anlamıyorum, ne demek istemiş olabilir Adorno?"

ÇİKO: "Auschwitz'den sonra şiir yazmanın, sanat yapmanın anlamsızlığını ve insanoğlunun, bilgilenmenin bu biçimini artık hak etmediğini, bundan sonra sanatın da samimi olamayacağını anlatmak istiyor belki. Ya da şiirden kastettiği şey her neyse, artık onun gereksizleştiğini anlatıyor. Belki de ve büyük bir olasılıkla bir şiir döneminin kapandığını, bu noktadan sonra ancak yeni sanatın, yeni şiirin var olacağını saptıyor. Bu olasılığı da dikkate almak gerekir diye düşünüyorum. Ama söylemeden de edemeyeceğim bir şey var ki, şiirdeki asıl büyük dönüşüm Auschwitz'ten yıllar önce, ilk savaşta zaten yaşandı. Ayrıca, kendini yeniden yaratacağı umulan sanatın, savaştan sonra devlet politikalarına yönelik daha canlı ve daha doğrudan bir eleştiri getirmesi, anlaşılıyor ki Adorno'nun çok açık bir beklentisidir. Son olarak... Bu sözler şairane bir genellemedir; şiirde bile hiç sevmem!"

ZAGOR: "Evet, bir de böyle bir şey var!"

ÇİKO: "Ne var?"

ZAGOR: "Yani... Ben de benzer genellemeler yapabilirim... Münih Olimpiyatları'ndan sonra spor yapılmaz... Vietnam'dan sonra Amerikalılar dans edemez... Ve annem çok iyi şarkı söylerdi; zavallı Molly Malone!"

ÇİKO: "Anlamıyorum!"

ZAGOR: "Ben de!"

ÇİKO: "Ben seni anlamıyorum!"

ZAGOR: "Ben neyi anlamalıyım, peki?"

ÇİKO: "İfade etmeye çalış!"

ZAGOR: "Deneyeceğim… Sanırım şöyle ifade edebilirim; hayal kırıklığına uğradım. Adorno'nun amacı ne olursa olsun, söyledikleri, benim amentü ihtiyacımı karşılamaya yetmişti. Sense kafamı karıştırdın koca şişko! Kendi kafamla düşünmeyi beceremediğimi hissettirdin bana. Böyle de denebilir."

ÇİKO: "Öyleyse öyle de denebilir! Balta!"

LİMANDA AKŞAM

Çay saatiydi.

Bulutsuz ama bulanık bir gökyüzü.

Güneş az önce antrepoların arasındaki sokaktan çekildi.

Herkes işten kaytarmanın yolunu arıyor.

Sırtlarındaki yükleri kaldırımlara bırakmışlar, dinleniyormuş gibi yapıyor, sigara içiyorlar. Birbirlerinden bakışlarını kaçırıyorlar, birbirleriyle ilgilendiklerini göstermekten çekinir gibiler. Yolda taş yığınları. Kaldırım taşları.

Dükkânların önünde, masaların çevresinde oturanlar, önceki gün olanlar ve yarın olacaklar hakkında konuşuyorlar.

Biri saatine bakıyor, bir başkası apış arasını kaşıyor.

Kedi uzakta. Kıyıda, artık kullanılmayan bir iskele babasının üstüne çıkmış.

Tekir.

Akşamı kokluyor ama akşamın kokusu her zamankine benzemiyor. Esintiyle uçuşan tuz zerreleri sırtına düşüyor, yüzüne vuruyor. Bıyıkları titriyor.

"Garip bir şey var!"

Garip bir şey var. Deniz denize benzemiyor.

Karşı kaldırımda bez sandalyesinde uyuklayan laternacının gözleri çarkların tekdüze ezgisiyle uyumlu bir biçimde ağır ağır açılıp kapanıyor.

Pelteleşmiş, yapışkan bir akşam.

Hamalların omuzlarında, saatlerdir geniş bir camekânın arkasından denize bakan kravatlı adamın elinde.

Bir çuval, bir koli, bir irsaliye defteri, bir kalem.

Ağırlaşıyor.

Kedi herkesi kedi sanıyor.

Bu yüzden korkuyor.

Burnunu havaya kaldırdı.

"Garip bir şey var!"

Garip bir şey var. Bulutlar buluta benzemiyor.

Kedi iskele babasından indi. Bakışlarını liman girişinde dalgakırana saldıran sulara dikti.

İlk hayalet gemiyi gördüğünde, onu da bir kedi sandı.

Sonra ötekiler.

Hepsini kedi sandı.

Başını kalabalığa çevirip mırıldandı:

"Garip bir şey var!"

Kimse anlamıyor.

İşgalciler kıyıya çıktığında belediye işçileri yine kaldırım taşlarını değiştiriyordu.

KEDİ

Az önce, kıyıda tost yiyen tersane işçisine saati sordu.

Adam yalnızca yemekle meşguldü; oralı olmadı.

"Peki askerleri görüyor musun?" dedi kedi.

"Hangi askerleri?"

Kahvehanenin yanındaki mağazanın önünde elli kadar asker toplanmış vitrine bakıyorlar, gevezelik ediyorlardı. Silahlarını omuzlarına almışlardı. Arada bir başlarını çevirip yoldan geçenleri süzüyorlardı.

Sonra önlerinde bir tank durdu. Tankın üstündeki asker, bekleyenleri selamladı.

"Tankı da görmüyor musun?" dedi kedi.

Tersane işçisi tostunu bitirmişti ama geviş getirir gibi ağzını şaplatıp duruyordu. Tostun kâğıdıyla dudaklarını sildi.

"Hayır, görmüyorum; ben buralı değilim," dedi.

Kâğıdı buruşturup denize attı. Sonra kediyi tekmeledi. Kedi kendini bir sinemanın kapısında buldu. Bilet alıp salona girdi. Yaşlı bir adam lambasını üstüne tuttu, tüylerine ışık bulaştı.

"Beni izleyin, beni izleyin!"

Kedi onu izledi ama adam salonda durmadan yürüyordu.

"Ne kadar büyük bir salon!" diye düşündü.

Az sonra yoruldu; adamı izlemekten vazgeçip bir koltuğa oturdu.

Sahne aydınlandı, beyaz perdede filmin adı belirdi; İşgal!

İzleyiciler hallerinden memnun, koltuklarına yayılmışlardı.

"İzleyin baylar bayanlar! Başka bir bok yemiyorsunuz zaten!" diye söylendi kedi.

Söylediklerini kimsenin duymayacağını sanıyordu.

Yanılmıştı.

Salondakiler hep bir ağızdan bağırdılar:

"Biz buralı değiliz!"

Kedi korktu, küçüldü.

Işıklı adam hâlâ yürüyordu.

KEDİ 2

Sinema çıkışında arastaya uğradı. Saraçlar, kunduracılar, terziler, kalaycılar, çorbacılar mutsuzdu. Niye mutsuz olduklarını bilmiyorlardı, daha önce hiç mutlu olmamış gibiydiler. Gülümsediklerinde bile kederliydiler. Birbirlerine surat asıyorlardı, birbirlerine ilgi göstermiyorlardı. Alışkanlıkları yapışkan bir hüzün halinde arastanın sokaklarından akıyor, demir ızgaralardan kanalizasyona karışıyordu.

Kedi, yüzlerine tek tek baktı. Bir şey göremedi. Limana gitti.

Askerler hâlâ vitrinin önündeydiler; konuşuyorlardı.

"Onları değiştirebilmemiz için bir mucize gerekiyor," dedi içlerinden biri.

Bıyıkları henüz terlemiş, iriyarı bir gençti.

"Değiştirmek gerekiyor mu?" dedi bir başkası.

Bunu söylerken beresini çıkardı, kemerine sokuşturdu.

"Onlar" dedikleri, çevrelerinde geziniyordu.

"Bizi görmüyorlar bile!"

Askerler o kadar kalabalıktı ki, kedi, bunu kimin söylediğini anlayamadı. Yolun karşısına geçip iskele babasının üstüne oturdu. Az önce izlediği filmi düşünmeye başladı. Film, Nuh Peygamber'in yaşamını anlatıyordu. Afet sırasında çok insan ölmüştü ama bazıları afete meydan okuyup kurtulmuşlardı.

"Onları değiştirmek için mucize gerekiyor," diye yineledi iriyarı asker.

Beresini kemerine sıkıştırmış olan, tanka doğru yürüdü.

"Belki de onları yemeliyiz. Etleri güzel olabilir... Ben konserve yemekten bıktım. Söylesenize, yemememiz için bir neden var mı? İnsan olup olmadıklarını bile bilmiyoruz."

Kedi kuyruğunu kaldırıp sırtına bıraktı. "Karşı koymalıyım," diye düşündü, "ama nasıl?"

"Sana ne!" diye bağırdı yanına yaklaşan bir köpek. "Kimseye acımamalısın, acımak iğrenç bir duygu. Eğer onları yemeye başlarlarsa bizim de iaşe sorunumuz hallolur!"

Kedi şaşırdı.

"Sen hayalet askerleri görebiliyor musun?" diye sordu köpeğe.

"Evet," dedi köpek. "Nuh da yaklaşan felaketi önceden görmüştü. Ben de sinemadaydım, seni oradan tanıyorum."

Kedi yanıt vermedi.

Hayalet askerlerin önünde hayalet bir servis otobüsü durdu; hepsini alıp götürdü. Tank kaldı.

"Onları yiyecekler," diye mırıldandı kedi.

Köpek dişlerini gösterip hırladı:

"Ne güzel!"

KEDİLERİN KUŞLARI ÖRGÜTLEMESİ

Sabaha karşı, kediler antrepoların önündeki dev çöp yığınında buluştular.

Buluşma kendiliğinden gerçekleşti; kimse önayak olmadı. Gece yarısı bir rüzgâr çıkmış, bütün tüylü kulaklara şunu fısıldamıştı:

"Geliyor musun?"

Ve bütün tüylü kulaklılar rüzgâra şunu sormuştu:

"Nereye?"

"Antrepoların çöplüğüne... Limana."

Rüzgârın bu sözleri üzerine her sokaktan birkaç kedi fırladı; aceleci adımlarla güneye, sahile yöneldiler. Yürürken birbirlerine bile bakmıyorlardı. Bir araya gelip görüşmek ve durumu değerlendirmek içgüdüsel bir ihtiyaç halini almıştı. Daha önce düşman olanlar düşmanlıklarını, dost olanlar dostluklarını unutmuşlardı. Sahilden esen rüzgârın sözleriyle büyülenmiş gibiydiler.

Herkes çöplüğe ulaştığında, iri bir Tekir çöp yığınının üstüne çıktı.

"Tankları ve askerleri bizden başka gören yok, farkında mısınız?" diye bağırdı.

Kalabalık şaşırdı. Bu sözler söylenene dek, her kedi tankları ve askerleri yalnızca kendisinin görebildiğini sanıyordu.

"Sen de görüyor muydun?" dedi bir Sarman, yanındaki Feliks'e.

"Tabii ki görüyorum," diye yanıtladı Feliks. "Her şey televizyondaki görüntüler kadar gerçek. Gizlice evleri basıyorlar, ev sahipleri uykudayken eşyalar bırakıp gidiyorlar, insanlar uykularında bu eşyalara alışmış oluyor, uyandıklarında hiç yadırgamıyorlar."

Bir Siyamlı homurdanarak yanlarına geldi.

"Ne yani! Artık işgali kölelik değil, ihtiyaçlar mı olumluyor?"

Karanlıkta saatlerce konuştular.

Çöp yığınının üstünde, ters dönmüş bir video kutusundan oluşan kürsüye onlarca kedi çıkıp indi. Miyavlamalar, çığlıklar, hayret hırlamaları birbirine karıştı.

Sonunda, bir çözüme ulaştıklarında hava aydınlanmaya başlamıştı.

Birkaç saat önce Feliks'le Sarman'ın yanına gelen Siyamlı kürsüdeydi.

"Çözüm şu," diyordu. "Her şeyin farkına varmış olsak da, dört ayak üstünde yürüyen canlılar olarak işgalcilere karşı hiçbir başarı şansımız yok. Bugüne dek düşman olduğumuz gruplarla ittifak yapmak zorundayız."

Kalabalık dalgalandı:

"Kimlerle, kimlerle?"

"Mesela köpeklerle, farelerle… Mesela kuşlarla… Kuşlara durumu anlatabiliriz. Onlar sayıca o kadar çok ki, askerleri yıldırabilirler. Yüzlerine pike yaparlar, namlularının içine sıçarlar, radar alıcılarına kamikaze uçuşları düzenlerler. Biz bunları yapabilir miyiz?"

Kalabalık haykırdı:

"Yapamayız!"

"Biz de onlara karasal destek sağlarız ve uçuşlarını kontrol ederiz. Gerekirse garnizonun mutfaklarını da basarız, aşçılarını tırmıklarız, karavanalarını deviririz, askerleri aç bırakırız."

Kalabalık galeyana geldi; öneriyi hararetle onayladı.

En arkada, çöplüğün denize bakan kıyısında duran yaşlı Simsiyah, sesini duyurmak için boşuna çaba harcıyordu. Kürsüdeki Siyamlı, ancak kalabalığın büyük bir kısmı dağıldıktan sonra onu gördü.

"Bir dakika, durun!" diye bağırdı. "Simsiyah bize bir şeyler söylemek istiyor galiba."

Bu çağrı, toplantıyı terk edenlerin çok azının ilgisini çekti.

"Buyrun Simsiyah, sizi kürsüye alalım," dedi Siyamlı.

Simsiyah dudak büktü; bıyıkları oynadı.

"Buradan da söyleyebilirim, kürsüye çıkmama gerek yok," dedi.

"Peki söyle!" diye bağırdı Siyamlı.

"Şunu diyeceğim; kediler kuşları örgütleyemez!"

Sesi o kadar cılızdı ki, kimse bir şey anlayamadı söylediğinden.

"Anlamadık, anlamadık," diye çığlık attılar.

"Diyorum ki, kediler kuşları örgütleyemez."

"Anlamadık, yine anlamadık!"

Simsiyah başını önüne eğdi.

"Ama ben anlattım," dedi.

HAYVANAT BAHÇESİ

Çocukluğumda, babamla yaptığım Ankara seyahatlerinden birinde, Atatürk Orman Çiftliği'ndeki hayvanat bahçesini gezmiştim. Kafeslerin arasında saatlerce dolaşmıştık. Büyülenmiştim. O güne kadar ansiklopedilerde resimlerini gördüğüm hayvanlar, karşımda kanlı canlı duruyorlardı. O kadar etkilenmiştim ki, babama, kulağımı tel örgülere yaklaştırdığım zaman sincapların, kaplanların, sansarların konuşmalarını duyduğumu söylemiştim. Babam ilgilenmemişti, bu duruma alışıktı; hayalci, uydurukçu bir çocuktum. Okuduğum masalların etkisiyle, hayvanların da bizim gibi düşünceleri olduğuna, bu düşünceleri bizler gibi dile getirdiklerine inanıyordum. Doğrusu, inancım Ankara'daki hayvanat bahçesini gördükten sonra kesin bir haklılığa kavuşmuştu.

Bir göletin içinde yavru su aygırları oynaşıyordu. Bir zürafa uzun boynunu komşu kafesten sarkıtmış onları izliyordu; gülümsüyordu, antenleri vardı. Başka bir kafeste bir ayı ailesi yerlerde yuvarlanıyordu. Aslanlar volta atıyorlardı, papağanlar oradan oraya uçuyorlardı. Sonra sırtlan vardı, kurt vardı; balıklar, kuşlar, yılanlar, timsahlar vardı. Babam eliyle iki köpeği işaret edip şöyle demişti: "Bak, bunlar Menderes'in köpekleri!" Zavallı, sessiz köpekler... Onlara acımış, sessizliklerinin özel bir nedeni olduğunu düşünmüş, bu nedeni bilmeyi çok istemiştim.

Yanlarındaki kafeste bir öküz duruyordu. Bildiğimiz öküz! Onun yanında da bir eşek. Bildiğimiz eşek! Sonra maymunlar, çeşit çeşit, boy boy maymunlar; şebekler, orangutanlar, makaklar, göbekli goriller, yerinde duramayan şempanzeler... Sonra kemirgenler, sürüngenler, akbabalar, inekler, koyunlar...

Bu olağanüstü zenginlik şaşırtıcıydı. Sanki bir ülkeydi bu bahçe. Gezmekle bitmiyordu. Kuşlardan yılanlara, oradan da balıklara geçiyorduk. Şehirden şehre gitmiş gibi oluyordum.

Dolaştıkça, hayallerimi dizginlemekte güçlük çekiyordum. Domuzlardan biri öğretmenime o kadar benziyordu ki, gözlerini gözlerime diktiğinde birkaç adım gerilemiştim. Bir köşede toplanan şempanzeler hararetle dedikodu yapıyorlardı. Bir yılan ıslıkla Ajda Pekkan'ın şarkılarından birini çalıyordu. Bir goril göbeğini davul gibi kullanarak ona eşlik ediyordu.

İçinde bulunduğum hayali ülke bir anda gerçek olmuştu. O ülkede hayvanlar bizim gibi yaşıyorlardı. Bizim gibi çatal bıçakla yemek yiyor, otomobillere biniyor, çocuklarını azarlıyor, alfabeyi ve sayı saymayı öğrenip dünyayı anlamaya çalışıyorlardı. Düzenleri çocuk aklının alamayacağı kadar tuhaftı. Başbakanları, bakanları, müsteşarları, krizleri ve hatta çözümleri vardı. Birçoğu rüşvet alıyor, ihalelere aracılık ediyor, çeteler kurup çatışmalara giriyordu. Aralarında hayvanca konuşup anlaşıyorlar ya da anlaşamıyorlardı. Tıpkı bizim gibi birtakım kurallara uymak zorundaydılar. Bu kuralları kendileri yazıp kendileri uyguluyorlardı. İtişip kakışarak, birbirlerine dişlerini göstererek, pençelerini açarak tartışıyor, yasalar hazırlıyorlardı.

Dedim ya, hayalci, uydurukçu bir çocuktum ben.

Hâlâ da bu zaafımdan kurtulabildiğimi söyleyemem.

YARIM BIRAKTIKLARIMIZ

Annem, tabağımda yemek bıraktığımda, "ye, arkandan ağlar," derdi.

Ben de yerdim. Arkamdan ağlamayacağını bile bile yerdim.

Karartma gecelerinden, yokluk günlerinden, buzdolabının henüz icat edilmediği, icat edildiyse de yaygın olarak kullanılmadığı yıllardan kalma bir görenekti sanırım bu... Ve bir de herhalde, annelerin binlerce yıllık çocuk büyütme sorumluluklarıyla ilgili bir şeydi.

Belki yalnızca bu yüzden, garsonlar henüz boşalmayan servis tabağımı almaya kalkıştıklarında dikleniyorum.

Annem de olsa diklenir.

Yetişme çağında tutulan anket defterleri, hatıra defterleri, genellikle yarısı dolmamışken bir köşeye atılır. Yıllar sonra açıp bakarsınız; sayfaların arasından kuru bir çiçek çıkar. Rengi, kokusu kalmamıştır. Renkler ve kokular da tükenir, incinir.

Kokuların incindiğini en iyi İzmir esnafı bilir. İzmir'de eski berberler, eski lokantacılar, tezgâhın üstündeki fesleğen saksısına bir kağıt iliştirirlerdi. Bu kağıdın üstünde "elleme, kokla!" yazardı.

Sararan sayfaların arasındaki çiçeği ne elleyebilir ne de koklayabilirsiniz. Dokunsanız dağılır. Koklasanız..., Hiç...

O çiçeklerin canı kaçıp kurtulmuştur.

* * *

Bir de bazen, aşklar, dostluklar yarım kalır.

Biri unutmaya çalışır, unutamaz. Bir diğeri hatırlamak ister, hatırlayamaz.

Bu ikisi bir araya geldiğinde o aşk yarımdır. Bir rüyada biri adınızı çağırır, yanına gidemezsiniz. Bir isim sayıklarsınız. Duymaz. Ellerinize dikkatle bakarsınız; bunlar kimin elleri, bunlar kimlere dokundu? Uzun süren arkadaşlıklar niye var? Hangi açlığımızı gideriyorlar?

İhtiyar, mavi kapının önüne oturmuş, gelip geçenlere bakıyor. Bilinci garip oyunlar oynuyor; baş edemiyor.

Artık her şey yarım.

Hayat açık bir kapı değil. Yaşlılar bilir.

Bir eşikten, aralıktan bakıyorsunuz.

Ne gördüyseniz odur.

YANIMIZDAKİ

Kestirmeden gidiyorum. Yakın gözlüklerimle bir dava dosyasının üstüne eğildim. Yalnızca konu başlıklarını okuyan bir yargıç gibi kestirmeden gidiyorum.

Çoğu zaman hepimiz böyle davranmaz mıyız?

Kestirmeden gideriz. Konu başlıklarına bakıp geçeriz. Sanık, harflerden ibaret bir göstergedir. Olayın gidişatı ve tanıklıklar da öyle.

Kestirmeden gidiyorum. Aslında anlamak için çaba harcamam da gerekmiyor. Önyargılarım yetiyor.

Yahudiler ve Amerikalılar kötüdür; onları asmak gerekiyor.

Kürtler ve Ermeniler de kötü; onları da asmak gerekiyor.

Şu yaşadığım hayat var ya! O da pek iyi değil. Onu da asmak gerekiyor.

Yalnızca kitap ve o kitapta yazılanlar iyi! Onu kutsayıp gerçekleştirmeye çalışıyorum. Sonsuz barışın hükümranlığı ancak bu yolla sağlanabilir.

Kitap benim önyargılarım...

Anlama arzusunu ne zaman yitirdiğimi hatırlamıyorum. Belki bir hastaya çiçek götürürken, belki de çiçek götürmeye gerek görmediğim bir anda.

Bir gün, artık kül tablasını yanımda oturanın önüne sürecek nezaketi gösteremeyecek kadar ilgisiz kalmaktan korkmuyorum.

Yanımda oturan buluşmaya geç gelmiş, "geciktim, kusura bakma," demiş. "Ben de henüz geldim," diyemiyorum ona. Korkmuyorum... Sonra, onu uğurlarken, o gözden kaybolana dek kapıyı açık tutmayı gerekli görmüyorum. Başka bir gün, bir kapıdan girerken, ilk girenin yanımdaki olmasını önemsemiyorum.

Yanımdakini başlıklardan ibaret bir dava dosyası olarak görüyorum; böylelikle onun dünyasını kendime açıklamayı başarabildiğimi düşünüyorum. Sevgilimi, çocuğumu, dostumu kırmanın anlaşılır ve telafi edilebilir bir özgürlük tarzı olduğuna ilişkin inancımın, bilgilenme sürecimin karanlık ve hastalıklı bir parçası olduğunu bilmiyorum.

Aslında, engellenmenin ne anlama geldiğini çocukluk ve ilk gençlik deneyimlerimle öğrenmiştim.

Ama öğrendiklerimi kolayca unuttum.

Ben bir yargıcım!

Yalnızca konu başlıklarına bakarak çok insan astım ve daha da asabilirim.

İYİMSERLİK ÜZERİNE

Emile Zola, Dreyfus Savunması'nda, yaşadığı yüzyılın günahlarından arınma umudunu, "gelecek yüzyıl, barışın ve adaletin çağı olacaktır," biçiminde dile getiriyor.

Emile Zola, bizim yaşadığımız yüzyıldan söz ediyor. Dünyanın, şiddetin elinden güçlükle kurtulduğu ve belki de kurtulamadığı yüzyıldan...

Kabaca yirmi milyon ölü, on milyon esir ve mülteci, hastalıklara, açlığa terk edilmiş birkaç kıta ve on milyonlarca güvencesiz insan evladı...

"Daha genel bir ifadeyle, şu açıkça ortaya çıkmıştır ki, aralarındaki sorunları çözerken, askeri güçleri devreye sokmak konusunda, hükümetler giderek daha da isteksiz davranmaktadırlar..."

Bunu da Kofi Annan diyor.

Çok değil, sekiz yıl önce...

Yani, resmi verilere göre, mülteci sayısı henüz on dört milyonken ve bu sayının yüzde elli sekizi Afrika'dayken... Yani, Güney Asya ve Sahra altı Afrika nüfusunun yüzde kırkı yoksulluk sınırının altındayken... Yani, yalnızca eski sosyalist ülkelerdeki yoksul insanların sayısı yüz yirmi milyonken... Yani, Ruanda ve Brundi'de topraklarını terk edenlerin sayısı nüfusun çoğunluğunu oluşturuyorken. Yani, 1995 itibarıyla, geçici olarak duran süregen cinayetler de dahil olmak üzere, Bosna'da, Cezayir'de, Cibuti'de, Gana'da, Gürcistan'da, Haiti'de, Hırvatistan'da, Hindistan'da, Irak'ta, Libya'da, Mali'de, Meksika'da, Mısır'da, Moldova'da, Myanmar'da, Nijer'de, Pakistan'da, Ruanda'da, Rusya Federasyonu'nda, Senegal'de, Sierra Leone'de, Sudan'da, Tacikistan'da, Togo'da, Trinidad'da, Tobago'da, Türkiye'de, Uganda'da, Venezuela ve Yemen'deki çatışmalar sürerken...

Yani, insanların yerlerinden edilmelerinin kötülüğü hakkında, Birleşmiş Milletler komisyonlarının girişimleri, kulak kabartanlara iyi bir gelecek vaat ediyorken... İkili acil durum yardımları daha üç milyar dolar seviyesindeyken... Mülteci nüfusu henüz yirmi milyonken. Ve bu nüfusun neredeyse tamamı "gelişmemiş" ekonomilerin toprağındayken... Gine'deki Liberyalıların sayısı iki yüz binken... Pakistan'daki Afganların sayısı yedi yüz binken... Etiyopya'daki Somalililerin sayısı yüz elli binken... Başlıca mülteci kabul eden ülke İran iken... Boynuz Afrikası'nda göç etmeyi başarabilmiş insan sayısı bir buçuk milyon iken... Ve Birleşmiş Milletler, mülteci statüleri hukukuna acayip sınırlar koymuş iken... Ve gelişmiş ülkelere doğru yapılan göç yalnızca yüz elli bin sayısıyla sınırlıyken... Ve Çin ve Latin Amerika nüfus hareketleri bütün bunların dışındayken... Ve her bir rakam bir insanı tanımlarken...

Biz, bizden önceki kuşaklara kıyasla, dünyayı nispeten barış içinde bulduğumuza inanıyoruz.

Hoş geldiğimiz dünyanın başkaları için bir cehennem olduğuna inanmaktan iyi midir?

Sanmıyorum.

Felaket tellallığı mı yapıyorum, peki?

Sanmıyorum.

Asıl felaket, adalet duygusunu, yani insana ait biricik asalet duygusunu kaybetmektir gibime geliyor. İnsana olan en geniş aidiyetlerden birini, türdeşliği kaybetmektir.

Hükümetlerimiz bu fikri çoktan terk ettiler.

Bireylerin sahiplenmesi neye yarar, bilmiyorum.

Öğrenmeyi umut ediyorum.

Ben iyimserim.

KADER

Tamamen bana ait olan bir eylül istiyorum.

Ekinlerimi biçmişim; hasat iyi. Bağ bozumu tam da gönlüme göre geçmiş. Şarabımı, pekmezimi fıçılayıp istiflemişim; üzümüm, incirim kurumuş. Birkaç kavanoz vişne reçeli de cabası... Bir ay sonra zeytin de toplarım. Salamura yapacağım. Üç beş arkadaşım var; tatsınlar istiyorum.

Sardunyalara her gün su veriyorum ya; vicdanım rahatlıyor. Herkesle selamlaşıyorum, hal hatır soruyorum; herkes çok iyi. Vicdanım rahatlıyor...

Bir gün ata binmeyi de düşünüyorum.

Atı hiç kırbaçlamayacağım.

Bir de namaz kılmayı öğreneceğim. Kendi kendime, anlamını bilmediğim kelimeler mırıldanacağım. Henüz bir Tanrım yok. Ama umarım olacak.

Tamamen bana ait olan bir eylül...

Tembelliğin hamağına uzanmışım, kıçımı kaşıyıp duruyorum. Dünya gailesini taşımak üstüme vazife değil; Tahtakale hamalı değilim ya...

Bilgiye ihtiyacım yok. Türk hükümetleri Arapları ilk kez ne zaman sattı? Nato'ya mı sattı, Birleşmiş Milletler'e mi? Umurumda değil. Cezayirliler Türklerden niye nefret ederler? Umurumda değil.

Ben kendi kaderimi kendim yazacağım, kendi şarkımı kendim söyleyeceğim, dinleyeceğim. Sizin Beyrut'unuz beni hiç ilgilendirmiyor. Siz kendinize düşmanlar edindiyseniz bu benim sorunum değil. Benim yalnızca dostlarım var.

Bana ölen çocuklardan söz etmeyin. Onlar benim çocuklarım değil. Benim arkadaşlarımın çocukları değil.

Sıradan biriyim ben. Sıradanlık güzel şey. Bir televizyona ve bir dönüm de bahçeye sahibim.

Bu kadar küçük bir zenginlikle hepinizin kaderini satın alabilirim.

Kimse beni yadırgamıyor. Kimseye düşman değilim. Bazen milliyetiniz oluyorum, bazen dininiz. Ama asla samimiyetiniz olmuyorum.

Ben kaderimi elimde tutuyorum. Ekmek gibi... O benim ekmeğim. İstemedikçe kimseyle paylaşmam.

Adam olun, sıradan olun, siz de kaderinizi elinizde tutun.

ANLAMLARIN TARİHİ ÜZERİNE

Bir zamanlar, dünyamızdan binlerce ışık yılı uzakta, yalnızca anlamların yaşadığı bir gezegen vardı.

Anlamlar, orada bizim hiç olmadığımız ve olamayacağımız kadar özgürdüler.

Dünyalarına "Kelime" adını vermişlerdi ki, bugün o gezegenden söz ettiğimizde biz de aynısını söyleriz: Kelime...

Neden böyle dediklerini bilmiyoruz. Durmaksızın yinelenen zamanın, yavaş yavaş ama sürekli yenilenen bir coğrafyanın içinde, belki kendi varlıklarını olumlayacak bir ilk ve tek nedene sahip olmak istiyorlardı. Bazen biz de aynı şeyi isteriz: Bir ilk ve tek neden...

Anlamlar, bir Kelimeleri olduğu için mutluydular. Ona olan sevgilerini, bağlılıklarını her fırsatta dile getirmekten sevinç ve gurur duyuyorlardı. Öte yandan, Kelime'nin bir gün anlamını yitirmesinden korkmuyor da değillerdi; bu yüzden onu hep iyilikle anıyorlardı. Bunu o kadar sık yapmışlardı ki, aradan binlerce yıl geçtiğinde, Kelime, bütün iyilikleri elinde toplayan büyük bir güç haline gelmişti. Anlamlarınsa artık iyiliğe ihtiyaçları kalmamıştı. Hatta bir geleceğe, bir geçmişe de ihtiyaçları kalmamıştı. Çünkü Kelime'ye bağışladıkları nicelik ve nitelikler, onların yerine geleceği planlıyor, geçmişi onarıyor, kurallar icat edip peygamberler ve krallar yolluyordu. Bu peygamberler, krallar anlamları silahlandırıyor, savaş alanlarına sürüyorlardı. Sonunda, o zamana dek gerçekliklerini sıradan bir varoluş durumuyla açıklamaya çalışan anlamların kendi aralarındaki uzlaşma, birbirlerine ve Kelime'ye olan içten aidiyetleri, geri dönüşü olmayan bir biçimde son buldu. İlişkileri, bizim de anlayabileceğimiz çıkar ilişkilerine dönüştü. Birbirlerini yediler, birbirlerini birbirleri olmaya zorladılar. Kelime'nin uçsuz bucaksız toprağı verimsizleşti. Kelime'ye o kadar çok iyilik yüklemişlerdi ki, yitirmiş oldukları meziyetler aslında o kadar çok yer kaplıyordu ki, gezegende yaşanacak yer kalmamıştı.

İşte o zaman, anlamlar yeni bir Kelime bulmaya karar verdiler. Ama artık sayıları bir elin parmakları kadar azdı.

Böylece, savaşlardan, kıtlıklardan, salgın hastalıklardan kurtulmayı her nasılsa başarmış birkaç anlamoğlu bir uzay gemisine binip dünyamıza geldi.

Kimse varlıklarının farkına varmadı.

İnsanlarla iletişim kurmak kolay değildi. Sokaklarda çıplak dolaşmayı denediler, Dünya denilen Kelime'nin değerini onlara anlatabilmek için önyargılarını kırmaya yönelik bir takım davranış modelleri geliştirdiler. İnsanların rüyalarına girdiler, kitap sayfalarının arasına, ezgilerin, renklerin içine gizlendiler.

Olmadı.

Bir gün en genç anlam şöyle dedi diğerlerine:

"Uzun zamandır insanoğluna ulaşmaya çalışıyoruz ama tam olarak başaramıyoruz. Bir aracı bulmalıyız, o aracı bizi onlara taşımalı ve karşılığında hiçbir şey istememeli!"

En yaşlı anlam gülümsedi:

"Zaten neyimiz var ki!" dedi, "biz yalnızca anlamız, sahip olduğumuz her şeyi Kelime'de bıraktık."

Genç anlamın hoşuna gitti bu yanıt. Gözleri parladı.

"Öyleyse onların kelime dedikleri şeylerin içine girelim. Hem orada güvenlikte oluruz, yaşamımızı rahatça sürdürürüz, sonsuza dek var oluruz, bizi kimse öldüremez."

Bu öneriyi yaşlı anlamın dışında hepsi kabul etti.

"Doğru bir şey yapmış olacağımızı sanmıyorum," dedi yaşlı anlam. "Dünyada neler olup bittiğinin farkında değil misiniz? Bunlar kelimeleri günlük iletişimlerinde kullanıyorlar. Ve tıpkı bizim gezegenimizde olduğu gibi, bizim de yaptığımız gibi, anlamın gerçekte bir değeri olduğuna inanmıyorlar. Kelimeleri söyledikleri anda, o kelimenin anlamından kurtuluyorlar. Bizden de kurtulacaklardır... Ben başka bir şey önereceğim... Onlardan gizlenmeyelim, ortaya çıkalım. Belki yok olmayı göze almak, var olmayı hak etmemizi sağlar."

Genç anlam ısrar etti:

"Hayır," dedi, "onların geçmişlerine, geçmişe ait bilgilerine, hatta bilinç altlarına nüfuz edebiliriz; oralarda saklanarak çoğalabilir, sağlıklı nesiller yaratabiliriz."

Oylama yaptılar.

Genç anlamın önerisi kabul gördü.

Dünya bu yüzden böyle.

PAŞA KÂZIM DİYE BİRİ

Askerlik ve savaş öykülerinin kahramanları arasında gülmesini, güldürmesini bilen ve seven, asık suratlı olmayan, renkli kişiliklerini çevrelerinden esirgemeyen kişilere rastlamak zordur.

1907'de Kuleli Lisesini bitirip Harbiye'ye alınan, ancak birkaç haftaya kalmadan Şam Harbiye Mektebi'ne sürülen, orada da uslu durmayıp alaya çıkarılan, Akka kalesine gönderilen, rütbe tenziline uğrayıp Hicaz hattında istihkâm ve topçu neferi olarak görev yapan, İkinci Meşrutiyet'ten sonra yeniden Harbiye'ye dönmek istediyse de, askeri okul görevlilerinin deyimiyle "ahlâksızlığı" gerekçe gösterilerek okula alınmayan, Hayfa'da ambar memurluğunda çalışan, bir tavşan gibi kulaklarını oynatabilen, yaşamı boyunca paraya ve mala değer vermeyen, Cumhuriyet döneminde Atatürk'ün yurt içi gezilerinde çekici sohbetleriyle maiyete duhûl eden Çanakkaleli Paşa Kâzım işte böyle biri.

Kâzım'ın paşalığı, savaş meydanlarında kazanılmış sahici bir paşalık olmadığı gibi, dönemin siyasi geleneklerince sivillere bağışlanan ve onları ayrıcalık sahibi yapan bir pâye de değil. Paşalığı, kendisinin anlattığına göre, Selim Ataullah Mısrî adlı ünlü bir Mısırlı tiyatro oyuncusunun övgüleriyle ve yakıştırmasıyla kazanılmış bir sahne zaferini simgeliyor yalnızca.

1908 sonunda, Hayfa'da, genç Osmanlı memurları bir piyes oynamaya karar verince, Kâzım'ın yeteneğine olan hayranlıklarını, ona başrollerden birini vererek göstermek isterler. Oyun, baskıcı bir zaptiye paşasıyla, onun özgürlükçü, yenilikçi oğlu arasındaki ilişkileri anlatan üç perdelik bir öyküdür. Sahnelendiği gün, Marsad Santral Gazinosu balonlarla, renkli kâğıtlarla süslenmiş, afişler asılmış, hatta gösteriye bando da çağrılmıştır.

Piyes başarıyla tamamlanır. Halkın gerek oyunun içeriğine, gerekse oyuncuların performanslarına ilgisi büyük olur; perde kapandıktan sonra alkışlar arasında bir kez daha açılır. İşte o sırada sahneye çıkan Selim Ataullah Mısrî, oyuncuları ve özellikle Paşa rolünü oynayan Çanakkaleli Kâzım'ı övgüleriyle ödüllendirir, o tarihten sonra adının önünde hak edilmiş bir sıfatla anılmasını sağlar. Paşa Kâzım da ölene dek gururla taşır bu unvanı.

Sina savaşlarını izleyen süreç içinde, Suriye Osmanlı'nın elinden çıkınca Paşa Kâzım'a yol görünmüş, diğer sürgün memurlar gibi İstanbul'a dönmek için çareler aramaya başlamış, bu amaçla Şam'dan Beyrut'a gelmiş.

O sırada Beyrut, yarı-esir ve tamamen sefil Türk memurlarının toplanıp yurda dönmek için bekledikleri merkezlerden sadece biri. Aylardır düzenli maaş alamayan bu memurlar birbirlerine ve Arap tüccarlara borçlanmışlar, kaderin ve Osmanlı hükümetinin oynadığı sonu belli olmayan oyuna mağdur figüranlar olarak katılmak zorunda kalmışlar. Birçoğu çoluk çocuğunu zaten görev yerlerine getirmemiş, getirenlerse çoktan İstanbul'a göndermiş. Bu durumda, kendilerinden çok İstanbul'daki ailelerini düşünmekteler.

Paşa Kâzım'ın böyle bir sorunu olduğu söylenemez. Azıcık aşım dertsiz başım tarzında bir yaşama oldum olası alışkın bir insan. Tek derdi bir an önce çocukluğunun geçtiği şehre, İstanbul'a gidip oradaki sefalet sofrasına oturmak...

Beyrut'a geleli üç ay olmuş. Üstündeki giysiler paralanmış, cebinde beş kuruş yok, nerde akşam orda sabah, sürünüyor.

Sonunda, bir Fransız zırhlısının ilk esir kafilesini götürmek üzere limana yanaştığını öğreniyor, esir listesine ismini yazdırmak için bütün ilişkilerini kullanıyor.

Başarıyor da!

Osmanlı komiseri, ismini, herkesin bildiği gibi Paşa Kâzım olarak listeye geçiyor.

Birkaç gün sonra, geminin demir alma vakti geldiğinde, daüssıladan gayri bir mal varlığına sahip olmaksızın limana gidiyor, beklemeye başlıyor. Tanıdıklarının birer ikişer sandallara, filikalara binip gemiye çıkmasını izliyor, aralarında dolaşıyor. Bunların birçoğu büyük adamlar, sakallı adamlar. Sakallarına, büyüklüklerine bir şey dediği yok ama biri de çıkıp "gel seni de gemiye götürelim" demiyor Paşa Kâzım'a...

Limanın açığında demirlemiş dört bacalı kruvazöre karşı, öyle bekliyor. Zaman hızla geçiyor, cebinde tütün parası bile yok; kayıkçılar bedavaya kürek çekmiyor. Kruvazörde hareketlenmeler görüyor, gürültüler duyuyor, sonsuza dek Beyrut'ta yaşamaktan korkuyor.

Sonra, sabahtan beri arşınladığı kaldırımda nasıl olduysa tanıdık bir yüz görüyor. Hayır, sohbetini çok seven, muhabbet ilmine vâkıf İstanbullulardan değil bu tanıdık yüz. Ammanlı bir tüccar! Hat görevlisiyken iyilikte bulunduğu, hatırlatıldığında yaptığı iyiliği unutmayan bir adam.

Kucaklaşma, öpüşme faslı kısa sürüyor.

"Beni şu gemiye çıkar!" diyor Kâzım.

Ammanlı tüccarın adamları koşuşturuyor. Az sonra, kıyıya dört çifte tabir edilen bir sandal yanaşıyor ki, saatlerdir kruvazöre adam taşıyan takaların yanında yüzen bir saray gibi...

Paşa Kâzım başa kuruluyor. Kürekler çekiliyor. Kruvazör son yolcusunu bekliyor artık. Zırhlının güvertesinde toplanan esirler, valiler, yüksek rütbeli Osmanlı memurları gelenin kim olduğunu anlamak için birbirlerine danışıyorlar.

"Bu Paşa Kâzım!" diyor biri.

Paşa'nın alâyişli gelişini görünce sırf şaka olsun diye ceketlerini ilikleyip ayağa kalkıyorlar.

"Nasıl kalkmasınlar? Böyle netameli bir deniz seyahatinde vakit geçirmek için benden iyi arkadaş mı bulacaklar?" diye düşünüyor Kâzım.

Bulamazlar!

Kayıkçılar da gösteriye katılıp zırhlıya yaklaşınca küreklerini etkileyici bir seremoniyle havaya kaldırıp indiriyorlar. Tabii, bütün bu olan biten, zırhlının güvertesinde, elinde esir listesiyle bekleyen Fransız subayın dikkatinden kaçmıyor. Listede, üstü çizilmemiş tek isme bir çarpı koyuyor kalemiyle: General Kâzım!

Esir kafilesinin alayı ve eğlencesi sürüyor. Kürekler hâlâ inip kalkıyor. Kâzım ip merdivenle güverteye tırmanıyor. Esirler gülümseyerek önünde eğiliyor, elini sıkıyor, mukabil iltifatları dinlemek için el bağlayıp ayakta duruyorlar.

Bir Fransız subayı beliriyor yanında. Küçük rütbeli bir subay.

"General, kamaranızı göstereyim," diyor.

Paşa Kâzım bozuntuya vermiyor ama çevresinde toplanan Türk esirlere şöyle bir gülümsemeyle bakmadan da edemiyor.

Genç subayı takip ediyor. Dar koridorlardan geçip demir bir kapının önünde duruyorlar. Kapı açılıyor.

"İçeri geçin, generalim!"

Geçiyor.

Cibinlikli bir yatak, lumboza dayalı küçük bir masa, ortada bir sehpa, üstünde fransızca gazeteler, kül tablası, sigara... Ve büyük bir sürahi Bordeaux şarabı! Yandaki bölmede bir banyo ve dinlenme salonu...

Kısaca, bir amiral odası.

Subay çıkınca, kamaranın kapısını bir Fransız eri çalıyor, bir isteği olup olmadığını soruyor. Paşa sehpaya bir kez daha bakıyor. Sürahinin içindeki koyu sıvıyı hafifçe çalkalıyor. "Bu beni kesmez," diye düşünüyor.

"Evet," diyor, "bir şişe viski!"

Yemekten önce viskisini, yemekte de şarabı içiyor; sonra da yatağına uzanıp bir güzel uyku çekiyor ki tam yirmi dört saat...

Bir hafta süren yolculuk boyunca savaşın bütün sıkıntılarını unutuyor Paşa. Gündüzleri güvertede diğer memurlarla buluşup yârenlik ediyor. Akşamları kamarasına çekilip viskisini, şarabını içip yemeğini yiyor.

Bu arada Fransızlar, İstanbul'a, gemide bir de Paşa olduğunu haber veriyorlar. Osmanlı görevlileri ismi bildirilen Paşanın hangi Kâzım olduğunu düşüne dursun, gemi İstanbul Boğazı'na girip açıkta demirliyor. Büyük bir motor esirleri alıp kıyıya çıkarıyor. Paşa da motora binmek üzereyken küçük rütbeli bir Fransız subayı önünü kesiyor.

"General, sizi özel motorla götüreceğiz," diyor.

Olan biteni ve yapılan yanlışlığı oracıkta anlatmak istiyor ama foyası ortaya çıktığında karşılaşacağı muamelenin şiddetinden ürküp, çaresiz boyun eğiyor.

Rıhtım kalabalık... İşgal polisleri Paşa gelecek diye kol kol sıralanmış, selâma durmuş. Osmanlı hükümeti görevlisi olarak gemiye çıkan, gelen Kâzım Paşanın hangi Kâzım Paşa olduğunu öğrenmeye çalışan bir Türk subayı da kalabalığı güçlükle yarıp gemi görevlilerine ulaşıyor. Bu subay, Paşanın Baytar rüştiyesinden eski bir sınıf arkadaşı. Paşayı görür görmez durumun vehametini kavrıyor ve Fransızlara açıklıyor.

Görevliler Paşanın çevresini sarıyor. Bir yandan gülüyorlar, bir yandan da fotoğrafını çekiyorlar. Bir subay, Fransız bayrağını aldatmakla suçluyor Paşayı. Yanağına bir fiske vurmaktan da alamıyor kendini.

Artık yapacak bir şey yoktur. Bordeaux şarabı ve viskinin tatlı anısı uçuşup durur kafasında.

"Bundan sonra Fransız harp gemisiyle seyahat etmeyeceğime namusum ve şerefim üzerine söz veririm," diyor Paşa Kâzım.

Olay da böylece kapanıyor.

İkinci Kanal Seferi başladığında, Paşa Kâzım biraz da zorunluluktan olsa gerek, gönüllü olarak seferberlik emrine giriyor. Ancak üstleri, Paşa gibi birini düzenli birliklerin mıntıkası içinde görmek istemediklerinden midir nedir, Kal'atülnahil'de İngilizlere karşı savaşan, daha doğrusu savaşıyormuş gibi yapan bir çetenin, Eşref çetesinin kurmay başkanlığına getiriyorlar.

Görev görevdir diyen Paşa, kendisinden başka okur yazar bulunmayan bu çete teşkilatının kurmay örgütlenmesini elinden geldiğince yürütmeye çalışıyor ama işler hep istediği gibi gitmiyor.

Çok geçmeden, çete komutanı, bölgeye yeni gelen, Goeben'in topçu subaylarından Yüzbaşı Helkendorf'un tercümanlığına getiriyor Paşa'yı. Galiba bir çetenin mıntıkası içinde bulunmasının da sakıncaları ortaya çıkıyor.

Yüzbaşı Helkendorf tuhaf bir asker. Aklına esince tek başına keşfe çıkıp İngiliz avlamak gibi tehlikeli hobileri var. Gerçi Fransızcasının yetersiz oluşu Paşa'nın hoşuna gitmiyor değil! Çünkü Paşa da siyasi ve askeri sorunları tartışacak kadar Fransızca bilmiyor.

Yüzbaşı bir gün çadırına çağırıyor Paşa'yı. Hemen hazırlanmasını, bir Bedevinin rehberliğinde keşfe çıkacaklarını söylüyor. Paşa korkuyor. Hemen çete kumandanına koşup tercümanlık işinden affını istiyor.

"Sen buraya gönüllü gelmedin mi?" diyor kumandan. "Biz seni çağırmadık, gönüllü geldin; şu halde senden istenen neyse yapacaksın."

Aslında Helkendorf'un kişiliği hakkında çete komutanı da herkes kadar fikir sahibidir ama Paşa Kâzım bu bilgiyi kendi işine yarar bir hale getirmeyi bir türlü başaramıyor. Komutana onca dil döküyor, onca yalvarıyor. I-ıh! Kabul etmiyor adam. "Gitmelisin," diyor, başka bir şey demiyor.

Sonunda kurnazlığa başvuruyor Paşa.

"Peki," diyor, "bu adamın şikâyet bile etmeden beni kovmasını sağlamama izin verir misiniz?"

Çete kumandanı düşünüyor.

"Münasebetsiz bir şey yapmaman koşuluyla, olabilir," diye yanıtlıyor.

"Münasebetsizlik edersem beni öldürün!"

Paşa, Yüzbaşının çadırına dönüyor. Helkendorf çadırın önünde şezlonga kurulmuş kitap okuyor. Paşa az ötedeki gaz sandığının başına geçip eline kâğıt kalem alıyor. Başlıyor bir şeyler yazmaya; bir yandan da kulaklarını oynatmaya... Alman kendisini görene dek sürdürüyor bu garip davranışını.

Sonunda Alman görüyor; bu hiç de doğal olmayan hareketler ilgisini çekiyor. Elindeki kitabı bırakıp yavaş adımlarla Paşa'ya sokuluyor, hayret ve şaşkınlıkla incelemeye koyuluyor onu. Paşa istifini bozmadan kulaklarını sallamayı, telgraf alıyormuş gibi hızla yazmayı sürdürüyor.

Yüzbaşı Helkendorf daha fazla dayanamayıp soruyor:

"Ne oluyor böyle Mösyö?"

Paşa eliyle susmasını işaret ediyor, yazıyor, kulaklarını oynatıyor. Helkendorf böyle kulak oynatan birini ilk kez görmüş olmalı ki, şaşkınlıktan donup kalıyor.

"Telsizle aldığım bilgiye göre," diyor Paşa. "Bizim Kanal'a gideceğimizi İngilizler haber almışlar, Kıbrıs'tan trenle asker getiriyorlar. Şimdiye dek gelen iki yüz elli bin asker seninle beni bekliyormuş..."

Helkendorf'un gözleri büyüyor. Yaşadığı bu şey her neyse hiçbir anlam veremiyor ve çadırına koşup kalpağını başına geçirdiği gibi fırlayıp gidiyor.

Yarım saat sonra çete kumandanı çağırıyor Paşa'yı. Karşısına oturtuyor.

"Bu adama ne yaptığını bana söyleyeceksin," diye tutturuyor. "Sana Deli Eşek adını takmış ve bir daha ne çadırında ne de çevresinde görmek istiyor."

Paşa Kâzım adama ne yaptığını açıkça anlatıyor kumandana. Bir daha da o tuhaf Almanla karşılaşmıyor.

Anılarında öyküsünü şöyle bağlıyor:

"Yanına bir Bedevi alarak yalnız başına Kanal'a giden bir adam geri döner mi? Koca çölde kaybolup gitti! Fakat Deli Eşek dediği insan, aslan gibi hâlâ yaşıyor."

SIRALAMA

Her insan, aslında iki kişidir.

Birinci önden gider; yolu açar ya da kapatır. İkinci, bazen irkilerek, korkuyla; bazen de umut ederek onun peşine takılır. Çoğu zaman, birincinin yaptıkları ve kararları ikincinin üstüne hicaz pulu gibi yapışır.

Birincinin deneyimleri ders çıkarılabilir niteliktedir. Fakat bazıları ders çıkarmayı bilmezler. Bunların ustalıkları acemiliklerinden beter olur.

Bazen üçüncülerin de hâlâ öğrenmeleri gereken şeyler vardır.

Padişah Üçüncü Mustafa'nın, Büyük Frederik'ten iyi bir müneccim göndermesini istediği ve öğretici bir yanıt aldığı söylenir.

"Benim yıldızlarım aklım, yıldızların ne dediğini öğrenen adamlarım da devlet kadromdur. Hazretiniz irade buyururlarsa, kendilerine yeryüzünün sorunlarıyla uğraşan uzmanlar göndermeye hazırım."

Lakin üçüncü Mustafa Hazretleri bu öğütten umulabilecek faydayı görememiş, not defterine şu dizeyi karalamıştır:

"Yıkılupdur bu cihan, sanma ki bizde düzele!"

Bir de, gericiler tarafından yakılıp yıkılan Tan matbaasının sahibi olmaklığından çok cimriliğiyle tanınan Halil Lütfi Bey vardır ki, soyadı Dördüncü'dür.

Yaşanmış, yaşanmamış pek çok mıhsıçtı hikâyesi şahsına atfedilmiştir.

Gelin görün ki, bu varlıklı adam mallarının büyük kısmını, evinde kiracı olarak kalan bir ailenin oğluna, nüfusuna geçirdiği Fethi Bey'e bırakmıştır.

Fethi Dördüncü'yü, geçtiğimiz yıl Selanik'teki Atatürk müzesinin defterine yazdıklarıyla tanımıştık. Recep Tayyip Erdoğan, Fethi Bey'in yazdıklarını beğenmediği halde, sayfayı koparıp cebine sokmuştu.

Halil Lütfi Bey'le garda karşılaşan Atatürk'ün, kendisine, "artık malınız, mülkünüz, matbaanız var, niye hala 3. mevkide seyahat ediyorsunuz?" dediği, bu soruya, "4. mevki yok ki efendim, ne yapayım," karşılığını aldığı, Dördüncü soyadının da buradan geldiği rivayet edilir.

Beşinciliğe gelince...

Savunma harcamalarında, güzel Cumhuriyetimizin Avrupa devletleri arasındaki müstesna yeridir.

BİR AZİZİN DOKSANINCI DOĞUM GÜNÜ İÇİN

Bütün gece yağmur yağdı.

Bir arkadaşımın evinde mahsur kaldım. Dalgınlıkla kapıyı dışarıdan kilitlemiş, evde kimse yokmuş gibi çekip gitmiş. Üç gün gelmeyecek.

Belki de bilerek yaptı bunu; adam saklamanın en iyi yolunun onu hapsetmek olduğunu düşündü. Ya da dışarı çıkmamdan, başına bir bela açmamdan korktu. Salonda, bir köpek ve bir gardenya saksısıyla baş başa kaldık. Plakları saymıyorum.

Köpek mızıldanıyor, gardenya yeşilinin içine gömülmüş, huzurlu. Buzdolabı boş, mutfaktaki çekmeceler boş... Uzun ve aç bir günün sonunda, eski gazetelerin arasında bir paket Piyale buluyorum. Kurtlanmış olup olmadığı umurumda değil.

Köpeği dışarı çıkarmalıyım. Köpeği dışarı çıkarmak, benim dışarı çıkmamdan daha önemli. Koyun koyuna yatıyoruz. Okşuyorum, başını dizime koyuyor, bakışıyoruz; kendime acımaktan daha iyi... Bir süre sonra o da bana acımaya başlıyor, mızıldanmayı bırakıp ellerimi yalıyor. Hacetini banyo küvetinde görmeyi öğreniyor; sorun çıkarmıyor.

Dünya küçüldü. Dünya köpek, gardenya ve ben kadar küçüldü.

Gardenya konuşmuyor, köpek konuşmuyor, ben konuşmuyorum. Kilit altındayız.

Yağmur üç gün boyunca dinmiyor. Pencereyi açıyorum; şıpır şıpır.

Can sıkıntısına ne iyi gelir? O yıllarda, her evde televizyon yok. Radyo var ama o da bozuk... Aslında zamanı bir diş fırçasıyla da üçe dörde bölebilirim, bir bulmacayla akışını hızlandırabilirim. Ama yetmiyor... Denedim; plak kayıtları da çare olmuyor. Çok geçmeden, yalnızca birer eşlikçi oluyorlar. Can sıkıntısına...

Elim kitaplara gidiyor. Nedense, bir azizin kutsal sözlerinin iyileştirici olabileceğini düşünüyorum. Önce *İt Dalaşı*'nı okuyorum. Sonra köpeğin garipliği içime dokunuyor. İkinci kitabı, *Yedek Parça*'yı yüksek sesle okuyorum. Dinliyor... Sonra *Bay Düdük*, *Nazik Alet*, *Gıdı Gıdı* ve diğerleri...

Yağmur dinmiyor.

Köpek beni dinliyor.

Gardenyayı susuz bırakmadım.

Üç gün sonra, anahtar tıkırtısıyla uyandık.

Yıllar sonra Lefkoşe'deyim.

Büyük bir salonun sahnesine kurulan kürsüde, ak saçlı, çekik gözlü, küçücük bir adam konuşuyor. Yasal yollarla güneye geçen ilk Türk yazarı.

Salonu dolduran dinleyicilerin çoğu, önyargılarını olumlayacak birkaç söz duymak istiyorlar. "Türkler aptaldır," ya da buna benzer bir şey...

Beklenen olmuyor.

Kıbrıs tarihi hakkında, iyi hazırlanılmış, hezeyansız, taraf hükümetlerin kulaklarını çeken bir konuşma dinliyoruz.

Dinleyiciler şaşkın, salonda soğuk bir rüzgar esiyor. O ise, inadını gülümseyişiyle örtüyor. "Ben Türklerin aptallığından ne zaman ve en önemlisi nerede söz edeceğimi bilirim," der gibi... Ve cunta karşısında nasıl durduysa öyle duruyor.

Bense, yoğun bir biçimde onunla olduğum üç günü, köpeği ve gardenyayı hatırlıyorum.

Şimdi mi?

Şimdi korkuyorum. Hafızamızdan korkuyorum.

Aziz Nesin'i gerçekten yitirmiş olmamızdan korkuyorum.

BAVUL DERGİSİNDE YAYINLANAN YAZILAR

BİR ÖDÜL TÖRENİ YA DA PİERRE LOUYS'U KİM YEDİ?

Geçtiğimiz yıl Orhan Kemal roman ödülünü *Hırsız ve Burjuva*'ya verdiler.

Sevindim tabii...

Fakat bin türlü çekingenlik haliyle edebiyat âlemine atılma cesareti göstermiş biri olarak, acaba bir yanlışlık mı yaptılar diye düşünmedim de değil...

Bereket versin, Orhan Kemal'in sevgili çocukları Yıldız Hanım, Işık ve Nazım Beyler, kıymetli jüri üyeleri ve toplantıya katılanlar bana bu ödülü hak etmişim gibi davrandılar da, doğuştan sahip olduğum hak etmemişlik duygusuyla baş etmem mümkün hale geldi...

Aslına bakılırsa tören, benim gibi bu işlerden sıkılan biri için bile eğlenceliydi.

Genç bir arkadaş Orhan Kemal'in bir öyküsünü oynadı. Sonra Salih Kalyon abimizin konuşmasıyla iyiden iyiye gevşeyip rahatladım.

Daha sonra kürsüye çıkan iki arkadaşsa, herhalde çok gerekiyordu ki, laf arasında Orhan Pamuk'a giydirmeye başladılar. Ortada utanılacak bir şey olduğunu düşünüp başımı önüme eğdim. Aynı ödülü daha önce almış birinin arkasından konuşulmasını pek şık buldum doğrusu! Onlar konuşurlarken Orhan Pamuk'un iyi bir yazar olduğunu, yalnızca kendi dertlerini değil, memleketin dertlerini de zihnimize sokmayı denemiş ve başarmış olduğunu düşündüm.

Ama ne yazık ki, bunu orada dile getiremedim.

Hazırcevap biri olmadığımdan mı, yoksa konuyu tekrar açmanın ve laf yetiştirmenin bir fayda sağlamayacağına inandığımdan mı, bilmiyorum. Belki de yalnızca heyecanlı olduğum içindir...

Kürsüye çıktığımda kan ter içindeydim... Trafiğe takılmış, töreni yarım saat kadar geciktirmiştim. Hazırlığını yaptığım konuşmadan aklımda tek bir cümle kalmamıştı...

Kısacası en hafif deyimle bir beceriksizlik timsaliydim...

Duruşumda bile beceriksizdim...

Ödül töreninin ertesi günü birkaç gazetede yayınlanan fotoğrafa baktım...

Nazım Bey'le yan yanayız. O konuşuyor, ben ellerimi göbeğime bağlamış, emir kulu gibi duruyorum...

Tanımadığım bir arkadaş, Twitter'da bu duruşu eleştiren bir şeyler yazmış... Duruşumu fazla doğulu, fazla ezik bulmuş...

İşin gerçeği hakikaten eziliyordum...

Bu belki bir kişilik bozukluğudur. Bazıları övüldüklerinde, göklere çıkarıldıklarında, eski çağların Rodos'undaki Zeus heykeli gibi dururlar... Ben duramıyorum. Eziliyorum...

Tören konuşmam, pek belagat sahibi sayılamayacağımdan biraz sönüktü. Hazırlanmış olduğum metne sadık kalsaydım eminim ki daha sönük olurdu.

Bu gibi durumlarda çocukluk anılarının kurtarıcı olduğunu bir yerlerde okumuştum...

Ben de ya Allah deyip çocukluğumun ipine sarıldım. Konuşmaya, okuduğum ilk üç kitaptan bahsederek başladım...

Bunlardan biri Rıfat Ilgaz'ın *Hababam Sınıfı*'ydı... Herhalde beş yüz kere okumuş, her okuyuşumda da çocuk kahkahalarıyla gülmüştüm...

İkinci kitabım Pierre Louys'in *Afrodit*'iydi... Dokuz yaşında bir çocuk için biraz ağır ve itiraf etmem gerekir ki, azıcık erken bir kitaptı.

Erotikti... Ama yazılanları anlamıştım...

Üçüncü kitapsa Orhan Kemal'in *Baba Evi*'ydi... Gerçekliğe hoş geldiniz diyordu...

Orhan Kemal'le asıl tanışmam *72. Koğuş* aracılığıyla oldu...

Lise yıllarında, yaz aylarında tatil yapacağımıza nedense tiyatro yapıyorduk... Tiyatro yapmak bedavaydı.

Oyunu, şimdinin önemli tiyatro adamı Metin Balay yönetiyordu. Müzisyen Taci Uslu, şair Halim Yazıcı, tarihçi Cemil Koçak; hepimiz rol arkadaşıydık... Daha çocuk sayılırdık ve tabii ki oyunu sahnelemeyi başaramadık... Ama bir metni didik didik etmeyi, Orhan Kemal'i ve Türkiye gerçeğini tanımayı ben sanırım o oyunda öğrendim. Yazmaya da o günlerde heves ettim. Orhan Kemal'in öykülerini okumaya, onunkilere benzeyen öyküler yazmaya başladım...

Törendeki konuşmamda bunlardan bahsettim...

Ertesi gün *Hürriyet* gazetesinde, bu konuşmadan da söz eden bir haber yayınlandı...

Çocukluğumda okuduğum ilk üç kitap var ya... *Hababam Sınıfı*, *Afrodit* ve *Baba Evi*...

Bu haberde onlardan biri yoktu; Pierre Louys"un *Afrodit*"i ...

Kendi kendime sordum...

Pierre Louys'i kim yedi? Kim görmezden, duymazdan geldi...

Bu bir muhabir hatası ya da baskı hatası olabilir miydi? Gazetelerde arada bir böyle gülünç şeyler oluyordu...

Aklıma tiyatrocu Cezmi Baskın'ın iki lafın birinde Brad Pitt'ten "alıntı yaptığı" bir röportajı geldi. Ulan n'oluyor demiştim... Cezmi Abi kafayı mı yedi? Brad Pitt'in tiyatro hakkında yazdığı bir kitap da yok ki okuyup alıntı yapsın...

Sonra aklım suya erdi...

Röportajcı hanım kızımız, Cezmi Abi Brecht dedikçe, bunu Brad olarak not almış olmalıydı...

Peki, Pierre Louys'i, *Afrodit*'i, o erotizmin büyük kitabını kim yedi?

Sayfa editörü mü yedi, Aydın Doğan mı? Muhabir yolda mı düşürdü, dizgici mi uyudu, yazı işleri mi uyandı?

Kim yedi söyleyeyim; Anadolu Ajansı...

Zat-ı namuhteremin biri, Afrodit'in bir haberde adının geçmesine herhalde tahammül edemedi. Ya da Afrodit'ten tırstı.

Sen kalk Orhan Kemal'den tırsma, Rıfat Ilgaz'dan tırsma; Afrodit'ten tırs!

Olacak şey mi?

KILAGILI İSA HİKAYESİ

Bizim dış politika, son yıllarda Kılagılı İsa'nın hikâyesine döndü. Menâkıpnâmeye bakılırsa, hikâye, on dördüncü yüzyıl sonlarında, bugünün Antalya yöresinde geçiyor.

Teke Beyi'nin oğlu Gaybî Bey, beyliği filan terk edip Abdal Musa'nın müridi oluyor. Fakat Teke Beyi, herhalde sancak sahibi olduğu için oğlunun bir tekkeye mürit olmasını içine sindiremiyor. Eh, Abdal Musa da öyle kolay sindirilecek bir adam değil zaten. Zamanın beylerine ince ince diş geçiriyor.

Ne yapsın Teke Beyi?

Öyle ricayla, minnetle yalvaracak değil a!

En gözü pek erlerinden birini, Kılagılı İsa'yı Abdal Musa'ya gönderiyor: "Git, benim oğlanı al gel," diyor.

Oğlan dediği Gaybî Bey. Bugün bilinen adıyla Kaygusuz Abdal... Hani, bir kadıdan kaz satın alıyor da, satın aldığı kaz kart çıkıyor ve pişmek bilmiyor; işte o adam, işte o şiirin şairi...

Sonra ne mi oluyor?

Kılagılı İsa denen, savaşmaktan başka bir şey bilmeyen emir kulu, Abdal Musa'nın yurtluğunu basıyor.

Müritler, atından inmesini istiyorlar, konağa davet ediyorlar.

Adam inmiyor.

Abdal Musa konuşulanları işitip konaktan çıkıyor. Adama adını soruyor, adam da yanıtlıyor:

"Kılagılı İsa…"

Abdal Musa adama şöyle bir bakıyor.

"Hemen edebinle geri dön," diyor. "Biz senin bildiğin adamlardan değiliz."

Kılagılı hiddetleniyor. Bir an önce müridi ve mürşidi alıp Teke Beyi'ne götürmek istiyor.

Sonrasını menâkıpnâmeden okuyoruz:

"Kılagılı İsa, Sultan'ı tutup zorla dışarı çıkarmak ve Teke Beyi'ne götürmek istedi. Sağ ayağını üzengiden çıkardı fakat sol ayağı üzenginin içinde kaldı. Çıkarmak için uğraşırken, ayağıyla atın karnına tekme vurunca, at ürküp, durduğu yerden hızla uzaklaştı. Durdurmak mümkün olmadı. At, kapıdan dışarı çıkıp öyle koşuyordu ki ne atı durdurabiliyor, ne de ayağını üzengiden kurtarabiliyordu. Çünkü at yel gibi uçuyordu. Kılagılı İsa da atın arkasından sürünüp gidiyordu."

Demem şu ki, bazı hikâyeler diğer bazı hikâyelere benzer. Bazı zorbalar, zorbalıkla adam almaya giderlerken, yel gibi uçan atın ardında sürüklenirler. Kılagılı İsa gibi…

* * *

Menâkıpnameye dönersek…

Teke Beyi bu duruma çok öfkelenir.

Süvarilerini toplar.

"Büyük bir ateş tutuşturun, Abdal Musa'yı yakın!" der.

Fakat bu kolay değildir. Yalnızca insanlar değil, taşlar ve ağaçlar da cûşa gelip Abdal Musa'ya katılırlar.

"Sultan ve müritleri semâ ederek ateşin içine doğru yürüdüler," diyor menâkıpnâme…

"Ve ateşi tamamen mahvedip söndürdüler.

"Ateşun yeründe çimenler yeşerdü."

NOTERLER

Ege'de, köyden hallice bir kasabanın noterindeyim.

Deniz kıyısında, karakolla bakkalın arasına sıkışmış, dışarıdan bakıldığında noter olduğu pek de belli olmayan, camekânlı, küçük bir yer.

Bir arkadaşımın vekâlet işini halledeceğiz.

Bankonun arkasında iki adam var. Biri bilgisayarın başında. Gözlüklü, şişmanca bir zat. Diğeri ayakta. Daha genç. Birlikte para sayıyorlar. Şişman olan söyleniyor:

"Kredi kartı borcumu hiç geciktirmezdim ben, nasıl unuttum?"

Noter deyip geçmeyin; adamlar ömürlerini, emekliliklerine doğru buralara gelebilmek için tüketiyorlar. Sorsanız ne hikâyeler anlatırlar. İstisnasız hepsinin gençliği mecburi hizmet bölgelerinde geçmiştir. Tercümansız Kürtleri az idare etmemiştir yurdumun noterleri.

Noter dediğin, en nihayetinde bir dükkân işte! Devletin kendisi gibi. Elinin altına bir mühür koyuyorlar. Mülkiyetin, müesses nizamın çıktılarına basıyorsun.

Ortaya uzunca bir suntadan banko icat etmişler. Raflara dosyalar sıralanmış; 2006, 2007, 2008 diye gidiyor. Saatli maarif takvimi, bayrak, Atatürk posteri; her şey yerli yerinde. Vezne bir çekmeceden ibaret. Arşiv, raflarda göründüğü kadar. Çayı kendileri demliyorlar.

Önümdeki suntaya bir boşluk açılmış, üstüne faks ve tarayıcı cihazı konmuş. Cihaza bir yazı iliştirmişler. El yazısı; okunaklı. 'Hassastır, üstüne bir şey koymayın, abanmayın,' yazıyor.

Garipsemememeye çalışıyorum; demek ki abanan var.

Sonra gözüm rafların önündeki fotokopi makinesine ilişiyor.

Ona da bir yazı bantlanmış. Benim bile okuyabileceğim kadar harf irileriyle:

"Para karşılığı da olsa fotokopi çekilmez; teklif etmeyiniz!"

Sonra kapıya bakıyorum; 'kapıyı kapatınız!'

Sonra bankonun üstünde duran turistik bir tanıtım dergisi dikkatimi çekiyor. Karıştırmak için el atıyorum.

Karıştıramıyorum... Çünkü dergi bantlanmış; sayfaları açılmıyor.

"Dergiyi niye bantladınız," diyor arkadaşım.

Şişman adam 'bunda anlaşılmayacak ne var?' der gibi bakıyor.

"Tükenmez kalem suntada tutukluk yapıyor," diyor.

Başka bir şey de söylemiyor.

Anlıyoruz ama... O dergi bantlanmazsa herkes karıştırır. Herkes karıştırırsa ne olur? Yırtılır, yıpranır. Yeni bir dergi bulmak gerekir...

İşimizi bitirdik.

Çıkmak üzereyken gözüm kapının yanındaki kırmızı kovaya ilişti.

Bildiğiniz yangın kovası.

Eskiden devletin olduğu her yerde, karakollarda, hükümet binalarında, hatta okuduğum bütün okullarda bu kovalardan vardı. Yan yana altı kova olurdu. Üstlerine beyaz yağlıboyayla harfler yazılı olurdu: Y-A-N-G-I-N... Sonra bir de duvara asılı kazma tabii; yangın kazması...

Ama bizim noterde kazma yok. Kova da yalnızca bir tane. Üstünde N harfi var.

* * *

Saçmalığın olağanlaştığı bir çağda, sıradanlaştığı bir ülkede yaşıyoruz. Noterler mühürlerini kâğıtlara vuruyorlar; saçmalığı her gün tescil ediyorlar. Bu saçmalık için çocuklar, gençler ölüyor ve daha da ölecekler.

Böyle bir ateş bir kova suyla söner mi?

İÇİNDEKİLER

İKTİDARSİZ.COM'DA YAYINLANAN YAZILAR (2003-2009)

BAVUL DERGİSİNDE YAYINLANAN YAZILAR